De kroniekschrijver Zeeëd is de rechterhand van Mohammad en de man die Allahs openbaringen aan Mohammad verzamelt in een nieuw boek: de Koran. Na de dood van Mohammad vraagt Zeeëd zich af wie de profeet eigenlijk was. Zeeëd besluit langs te gaan bij mensen die de profeet hebben gekend: familie, vrienden, vijanden, volgelingen, wetenschappers, vrouwen en dichters. Met de optekening van hun verhalen reconstrueert Zeeëd het leven van Mohammad, de boodschapper, vanaf zijn geboorte tot aan zijn dood.

W0414870

COLIBRI

Kader Abdolah (Iran, 1954) debuteerde in 1993 met de verhalenbundel *De adelaars*. Na *De meisjes en de partizanen* (1995) verscheen zijn eerste roman, *De reis van de lege flessen* (1997), gevolgd door *Spijkerschrift* (2000), *Portretten en een oude droom* (2003), *Het huis van de moskee* (2005), het tweeluik *De boodschapper* en *De Koran* (2008) en *De koning* (2011). In 2011 schreef hij het Boekenweekgeschenk, *De kraai*. Abdolahs boeken zijn in dertig talen uitgegeven.

KADER ABDOLAH

De boodschapper

EEN VERTELLING

COLIBRI-BIBLIOTHEEK

Derde druk

De bijbelcitaten die Zeeëd in *De boodschapper* aanhaalt (p. 55 en p. 177), heeft Kader Abdolah ontleend aan *de Statenvertaling* 1934, door het Nederlands Bijbelgenootschap.

© Kader Abdolah, 2008
Eerste uitgave De Geus BV, Breda 2008
Deze uitgave van World Editions kwam tot stand in samenwerking met De Geus BV, 2016
Omslagontwerp Multitude
Omslagillustratie © Hollandse Hoogte/Millennium Images
ISBN 978 94 6237 157 6
NUR 301

Niets uit deze uitgave mag verveelvoudigd en/of openbaar gemaakt worden door middel van druk, fotokopie of op welke wijze dan ook, zonder voorafgaande schriftelijke toestemming van World Editions bv, Breda, Nederland. Telefoon: 076 523 3533. Internet: www.worldeditions.org.

Dit boek is opgedragen aan Zeeëd ebne Hares en Zeeëd ebne Sabet.

Hoewel de verhalen en de gebeurtenissen in *De boodschapper* gebaseerd zijn op historische feiten, mag alles volgens de wetten van de literatuur gelezen worden.

KADER ABDOLAH

1 ZEEËD, DE KRONIEKSCHRIJVER

Zeeëd ebne Sales is mijn naam.

Ik was de kroniekschrijver van de boodschapper Mohammad.

De boodschapper had geen zoon. Hij adopteerde mij toen ik een jaar of zeven was.

Iedereen noemde me Zeeëd ebne Mohammad: Zeeëd de zoon van Mohammad.

Ik moet vijf zijn geweest toen mijn moeder me meenam naar de stad Taef voor familiebezoek.

Van die reis herinner ik me niets, maar vele jaren later heeft mijn moeder me erover verteld: 'We reden met een karavaan van twaalf kamelen door de woestijn. Ik had je altijd bij mij op schoot. Als we in het zadel zaten, zat jij stil en je bekeek de omgeving, maar als de karavaan stopte om te rusten, had ik moeite om je bij me te houden. Je rende alle kanten op en je ging met iedereen mee. Op de markt van Taef trok je je hand los uit de mijne en je verdween achter een kraam. Ik rende achter je aan, maar je was daar niet. Ik rende naar de andere kramen: geen Zeeëd. Ik huilde, ik gilde, ik rende heen en weer, maar je was nergens te vinden. Toen de markt was afgelopen en iedereen weg was, stond ik daar met lege handen. Ik durfde niet naar je vader terug te gaan. Ik was zijn lievelingszoon kwijtgeraakt.'

Ik, Zeeëd, was gestolen en ik weet niet meer hoe het gebeurde. Ik herinner me ook mijn moeder niet meer, of de markt. Maar ik zie nog scherp voor me dat ik bloot en vies in een kooi zat met een paar andere naakte jongens, als een groep aapjes.

Achteraf heb ik begrepen dat ik twee jaar lang van de ene naar de andere ben doorverkocht.

Toen ik zeven jaar oud was, werd ik door een kleine slavenhouder uit Mekka op de bazaar van Djandal gekocht. Hij nam me mee naar Mekka.

Deze handelaar heette Hakim bin Haram en hij had een grote buik.

Vanaf dat moment heb ik bijna alles onthouden, want het was een grote ommezwaai in mijn leven.

Ik wist dat ik in Mekka thuishoorde en hoopte dat ik mijn ouders op straat of op de slavenmarkt tegen zou komen. Ik neuriede hun namen de hele dag door om ze niet te vergeten.

Mijn vader heette Sabet ben Sharasil.

De naam van mijn moeder was Sadi bin Salab.

Ik droomde van het moment dat ik mijn moeder op de markt zou zien en zou roepen: 'Sadi bin Salab, ik ben Zeeëd, je zoon!'

Maar de moeder en de vader in mijn verbeelding zouden niet dezelfde zijn als in de werkelijkheid. Bovendien zouden zij mij ook niet meer herkennen, want ik was veranderd; de zon had mijn huid donkerbruin gekleurd.

Niets is echter grilliger dan het lot.

De slavenhouder Hakim bin Haram nam me mee naar zijn huis en liet me als een geit los op zijn binnenplaats. Daarna mocht ik het huis betreden.

Op die eerste dag werd er op de deur geklopt en de slavenhouder riep: 'Zeeëd, doe open.'

Ik deed wat me gevraagd werd. Een oudere vrouw kwam binnen. Ik dacht dat ze de vrouw van mijn baas was.

'Wie ben jij?' zei de vrouw lief.

Ik zweeg.

'Hoe heet je?' vroeg ze.

'Hij heet Zeeëd,' riep mijn baas vanuit zijn kamer, 'ik heb hem op de markt van Djandal gekocht.'

De vrouw was een nicht van mijn baas. Ze praatte een tijdje met hem en toen ze uit zijn kamer kwam, zei ze: 'Kom, je gaat met mij mee.'

Ik keek vragend naar mijn baas. Hij zei: 'Zeeëd, je hebt geluk gehad. Mijn nicht heeft geen zoon. Ze heeft je net van mij gekocht. Zij is nu je bazin en ze heet Ghadidje. Gedraag je.'

Ghadidje pakte mijn hand en nam me mee.

Hoewel ik een kind was, begreep ik meteen dat ik in een prachtig huis terecht was gekomen. Want in vergelijking met de andere huizen in Mekka woonde Ghadidje in een klein paleis.

Ze liet me wassen en omkleden. Ik werd weer een mens, een normale jongen.

Tegen de avond kwam haar man thuis.

'Kijk! Ik heb iets moois voor je!' zei ze blij en ze wees naar mij.

Haar man heette Mohammad ebne Abdollah. Hij werd later de boodschapper van Allah.

De volgende ochtend riep Mohammad: 'Volg mij, Zeeëd!'

Hij was mijn nieuwe baas. Ik hoefde niet te weten waar hij naartoe ging, ik liep gewoon achter hem aan.

Ik kon niet weten dat hij op zoek ging naar mijn ouders.

En hij vond hen. Ze konden niet geloven dat ik hun zoon was, zo groot, zo schoon en in nette kleren gestoken. Mijn moeder stond stijf als een balk tegen de muur, ze kon niet bewegen van schrik. Mijn vader liet zich voor de voeten van Mohammad zakken, maar die hielp hem overeind.

Ik bleef een week in het kleine, armoedige huis van mijn vader, maar op vrijdag bracht hij me terug naar Mohammad en zei: 'Zijn geluk ligt bij jullie. Als hij gelukkig is, zijn wij het ook.'

Zo werd ik de zoon van Mohammad.

Ghadidje was de eerste vrouw van Mohammad.

Ze leerde me lezen, ze leerde me schrijven, maar Mohammad was mijn meester. Tot aan zijn graf bleef ik hem als zijn schaduw volgen.

Destijds wist ik niet waarom ik het deed.

Achteraf begreep ik het. Ik was verslingerd aan poëzie en verloor me in Mohammads vertellingen.

Toen hij zijn missie als boodschapper begon, veranderde mijn leven ook helemaal. Ik liet hem geen ogenblik alleen, tenzij hij me ergens heen stuurde.

Wanneer hem een tekst geopenbaard werd, huiverde hij. Hij zakte dan door zijn benen, hij knielde, drukte zijn hoofd als een paard tegen de grond en zei iets onverstaanbaars.

Op zulke momenten waren we vaak alleen. De eerste paar keren was ik bang, ik wist niet wat ik ermee aan moest. Ik rende dan naar Ghadidje om haar te waarschuwen.

Later deed ik dat niet meer. Ik besefte dat het mijn taak was bij Mohammad te blijven en dat ik moest leren ermee om te gaan.

Ik wachtte rustig af als hij zijn boodschap ontving, tot hij uitgeput op de grond viel. Daarna trok ik meteen een deken over hem heen en liet ik hem rusten.

Toen Mohammad stierf, was ik een volwassen man. Mijn haar was zwart, maar mijn snor was al half grijs geworden.

Ik was nog in diepe rouw om Mohammad toen er een ruiter op een bruin Arabisch paard voor mijn poort stopte.

'Zeeëd!' riep de man. Het was de bode van Omar.

Ik aarzelde niet. Ik wist waarom ik geroepen werd, nam mijn eigen paard en reed met de bode van Omar mee.

Na Mohammad was Omar de belangrijkste leider van de islam. Hij was de man die alles regelde toen Mohammad stierf. Hij was een sluw aanvoerder en een ongenadig krijgsheer.

Bezweet knielde ik voor hem.

'Zeeëd ebne Sales!' zei Omar tegen me. 'Mohammad is heengegaan, maar we hebben zijn openbaringen niet. Verzamel zijn teksten. Nu. Er is haast geboden!'

Ik kende Omar, hij kende mij, een extra woord was overbodig.

Ik kuste de rug van zijn hand, ging naar buiten, sprong op mijn paard en galoppeerde de stad uit, naar de velden. Door de opdracht was ik zo verzadigd van geluk dat ik even de weg naar huis niet kon vinden.

's Nachts had ik moeite de slaap te vatten. O, wat een schitterende nacht, wat een glorieuze opdracht. Hoe zou ik het moeten aanpakken? Ik was zelf getuige geweest van de openbaring van enkele teksten. Maar het merendeel moest ik uit het geheugen van zijn volgelingen verzamelen.

Ik ging bij mijn raam staan en keek naar de oneindig heldere nacht boven de woestijn.

Ik, Zeeëd ebne Sales, mocht de Koran optekenen.

Wie die eer te beurt viel, moest zijn tranen kunnen bedwingen om niet te sterven van geluk.

Zodra het licht van de vroege morgen het raam van mijn huis beroerde, pakte ik mijn tas en zadelde mijn paard.

Ik was begonnen!

2 OP ZOEK NAAR DE KORAN

Als eerste bezocht ik de vrouwen van Mohammad. Zij gaven me citaten die ze op papier geschreven hadden, die ze op hun nachthemden geborduurd hadden en die ze in hun goudstukken hadden laten graveren.

'Is dat alles?' vroeg ik.

Ajeshe, de jonge, mooie, roodharige weduwe van Mohammad, maakte haar gouden hangertje los en overhandigde me het sieraad. Ik bestudeerde de korte tekst die met heel fijne letters in het goud gegraveerd was.

'En dat Hij de sterren vasthield
opdat ze niet op de aarde vielen.'

Daarna reisde ik dag en nacht naar alle hoeken van het land op zoek naar de teksten.

Ik luisterde en noteerde.

Na zeven maanden kwam ik terug met drie volgepakte kamelen. De vracht bestond uit de perkamenten waarop de teksten van de Koran waren geschreven, de brede kamelenbotten waarop de citaten waren gekerfd, de stoffen waarop de woorden waren geborduurd en de stukken hout waarin vele zinnen waren gesneden.

Eenmaal thuis ging ik naar mijn kamer en sloot de deur. Een jaar lang kwam ik niet buiten, tot ik de Koran voltooid had.

Toen ik klaar was, had ik de zon in mijn hart. Ik trok schone kleren aan en mijn nieuwe leren schoenen. Ik nam het splinternieuwe Boek onder mijn arm en reed als een prins naar Omars huis.

Ik knielde voor hem en zei: 'De Koran!'

Mijn opdracht was volbracht.

3 OMAR, DE TWEEDE PLAATSVERVANGER VAN MOHAMMAD

Maar zo eenvoudig was het niet.

De tegenstanders van mijn Koran lieten zich horen. Ze vertegenwoordigden zes machtige stromingen met elk een afwijkende Koran. Ze beweerden dat ik een eigen Koran geschreven had, die niets met Mohammads oorspronkelijke vertellingen te maken had.

Ik had niets te zeggen. Omar moest beslissen.

In die tijd was eenheid noodzakelijk.

Omar besloot dat de Koran die ik verzameld had niet werd geopenbaard, maar in de kringen van de macht gehandhaafd bleef als bron en basis.

Later, toen Omar werd omgebracht en Osman hem opvolgde, laaide de discussie over de Koran weer op.

Op een vroege morgen stonden de vertegenwoordigers van de zes machtige stromingen voor Osmans deur. Hun kamelen waren beladen met geschriften.

Osman liet de kamelen op de binnenplaats toe. En de poort werd van binnen op slot gedaan.

De kamelen werden gelost en de geschriften werden op elkaar gestapeld. 'Zeeëd, neem alles door, voeg toe wat nodig is en haal het overbodige weg. Neem de tijd!' zei Osman en hij ging ervandoor.

Heel lang ben ik met de stukken en de teksten bezig

geweest. Een paar keer ging ik bij deskundigen langs om hen te raadplegen. Maar toen kwam eindelijk de dag dat ik Osman kon laten weten dat het werk klaar was. Osman kwam. Men rolde een tapijt op de binnenplaats uit en er werd een lantaarn gebracht.

Osman gaf het bevel dat iedereen het huis moest verlaten.

Ik nam plaats achter een smalle schrijftafel, opende mijn Koran en overhandigde Osman een lijst met opmerkingen over zaken waarover ik nog twijfel had.

Hij ging zitten en nam de lijst aandachtig door. Daarna kwam hij naast mij op de grond zitten. Hij dicteerde een paar zinnen en wees dan met zijn wijsvinger waar ik het in het boek moest toevoegen. En ik deed het.

Het was een lange nacht van nadenken en zweten.

Opeens schoot me iets moois te binnen. Ik had de teksten achter elkaar geschreven, zonder een indeling. Ik bedacht dat de teksten duidelijker zouden worden als ik er honderdveertien delen van zou maken: de Koran in honderdveertien soera's, hoofdstukken. En het zou nog duidelijker worden als ik elk hoofdstuk een titel gaf: 'De tafel', 'De bij', 'De vier voeten', 'De vrouwen', 'Maria', enzovoorts.

Toch ontbrak er nog iets en ik wist niet wat. Weer kreeg ik een ingeving, iets magisch. Ik ontdekte een letter die niet bestond, een letter zonder enige betekenis. Een klein tekentje, een punt, een sterretje.

Ik zette die punt of dat sterretje achter elke zin. Het was niet te geloven. Die nietszeggende sterretjes drukten op een of andere manier veel uit. Ze schiepen duidelijkheid, inzicht en geluk. En zo voegde ik honderdveertien titels en duizenden sterretjes aan de tekst toe.

De Koran is van Allah.

De volgorde, de titels en de punten in de Koran zijn van mij, van Zeeëd, de kroniekschrijver.

Met de nieuwe Koran in zijn hand en licht van geluk doofde Osman de lantaarn en zei: 'Zeeëd! We stoppen ermee! Vernietig de rest.'

'Vernietigen?' vroeg ik.

'Verbrand alles!' zei hij.

Toen het licht werd, kwam Osman naar de binnenplaats. Hij wierp een blik op de as die overgebleven was.

Zeven ruiters brachten de Koran, die met een groene doorzichtige stof gesluierd was, naar de moskee. En ze vlijden het Boek op een verhoging.

Osman trok zijn zwaard en legde het op het Boek: 'Dit is de Koran!'

Niemand durfde iets te zeggen.

Iedereen mocht het Boek bewonderen.

4 HET LEVEN VAN MOHAMMAD

Toen ik met het verzamelen van de Koran begon, besefte ik: je kunt de Koran niet begrijpen als je Mohammad niet begrijpt.

Zelf ontdekte ik een nieuwe Mohammad tijdens mijn werk aan het Boek.

Ik zag hem eerst als een dromer, een levensgenieter, een liefhebber van vrouwen en een leider die ongelofelijk veel risico nam.

Toen ik zijn vertellingen op papier zette, zag ik hem pas als mens, een nieuwsgierig mens. Voor die tijd had ik hem altijd als een vader, een baas, een krijgsheer, een profeet beschouwd. De mens Mohammad was mijn ontdekking en dat wilde ik tonen.

Ik wist dat anderen naderhand veel aan zijn leven zouden toevoegen en misschien ook veel zouden weghalen. Daarom zei ik tot mezelf: 'Zeeëd! Zet Mohammad op papier.'

In de tijd van Omar, toen de door mij samengestelde Koran niet openbaar gemaakt mocht worden, pakte ik mijn tas, sprong op mijn paard en ging op weg, dit keer om fragmenten uit Mohammads leven te verzamelen. En het zou me waarschijnlijk tot het eind van mijn leven bezighouden.

Voor zijn jonge jaren moest ik terug naar het Mekka van vroeger, naar de plek waar hij geboren was.

Ik zal de gewoontes en de omstandigheden beschrijven van het Mekka van zijn jeugd. Vooral zal ik het over de Kaabé hebben, waarin de afgoden werden bewaard.

In feite kenmerkte het leven van Mohammad zich door één droom: hij wilde de afgoden stukslaan en de Kaabé zuiveren om hem als een huis aan Allah te geven.

Daarom moet ik, als ik het over Mohammad wil hebben, met de Kaabé en de afgoden beginnen. Of liever: met de stad Mekka.

5 MEKKA

Mekka was een handelscentrum. In de Kaabé werden driehonderdvijfenzestig afgoden bewaard. De afgoden waren beelden van steen en van hout, versierd met stof, goud en kleuren.

Er stonden ook een paar grote beeltenissen op het plein van de Kaabé.

Het Perzische Rijk was ons oostelijke buurland. De Perzen waren al sinds een paar duizend jaar monotheïst: ze hadden één God die Ahoera Mazda heette. Zarathoestra was hun profeet en ze hadden een Boek, dat de naam Avesta droeg.

Het Byzantijnse Rijk was ons westelijke buurland. De Byzantijnen waren ook monotheïst: ze hadden één God en één profeet, die Isa of Jezus heette. Ook zij hadden een Boek: de Endjil of Bijbel.

De bevolking van Mekka bestond uit vele stammen en elke stam had een afgod. Die afgoden hadden een plaats gekregen in dat kubusvormige gebouw, de Kaabé.

Niemand weet precies wie de Kaabé gemaakt heeft. Het is een oeroud bouwwerk dat altijd als gebedshuis dienstgedaan heeft.

We weten dat de oude profeet Ibrahim ooit een grote, mysterieuze zwarte steen in een van de muren van de Kaabé heeft geplaatst. We geloven dat die steen uit de hemel is gevallen en dat Ismaiel, de zoon van de profeet Ibrahim, hem gevonden heeft.

Ibrahim heeft die goddelijke steen als hoeksteen voor de Kaabé gebruikt. We noemen hem Hadjar alaswad, de Zwarte steen.

Verder is ons niets bekend over de geschiedenis van de Kaabé. De mensen beweren echter dat Ibrahim ook de maker van de Kaabé is.

Wij die in de woestijnen woonden, waren achtergebleven bij beschaafde volkeren die één God en één Boek hadden. Daarom wilde Mohammad die afgoden opruimen en de Kaabé aan één God geven. Een God die de zevende verdieping van de hemel bewoonde. De God van Mohammad die Allah heette, wat betekent: Hij is Eén.

Elke vrijdag was het heel druk op het plein van de Kaabé, omdat de mensen dan offers aan hun afgoden brachten.

Mohammad liet zich daar nooit zien, maar ik ging op een nacht stiekem naar de Kaabé en keek vanachter het dikke zwarte gordijn naar binnen. Het was halfdonker, een warme lucht vol geuren sloeg in mijn gezicht. Er brandden kaarsen in de kandelaren en hun licht weerkaatste in het goud en zilver. Door het licht en de schaduwen zagen de afgoden er groot en angstaanjagend uit. De mensen bogen voorover en legden hun offers voor de voeten van de beelden. Dit was verboden terrein voor een kind, maar ik sloop voorzichtig langs het gordijn de Kaabé binnen. In het donker liep ik langs de afgoden en ik voelde hun zilveren kleding en hun gouden zwaarden. Maar een oude man betrapte me. Hij greep me bij mijn oor en stuurde me weg.

6 DE VERDELING VAN DE MACHT IN MEKKA

De hiërarchie van de macht zag er in die tijd als volgt uit in Mekka:

- De afgoden
- De slavenhouders
- De grote handelaren
- De joden
- De kamelen
- De mannen
- De slaven
- De slavinnen
- De geiten
- De vrouwen

De slavenhouders zetten de slaven op de boerderijen en in de woestijnen aan het werk. En ze verkochten de kinderen van hun slaven aan de handelaren.

De kameel was het symbool van bezit. Hoe meer kamelen iemand had, hoe meer macht en vermogen hij bezat. De grote handelaren hadden soms honderden kamelen. En er werkten talloze mensen voor hen. Hun karavanen haalden koopwaar uit het Byzantijnse Rijk en namen die goederen mee naar de oostelijke grenzen om ze met die van de Perzische handelaren te ruilen.

De joden handelden in stoffen en goud. Naast die handel verdienden ze veel vuil geld met rente op leningen. Omdat de joden een Boek hadden, gedroegen ze zich bovendien hooghartig. Ze voelden zich beter en keken op anderen neer.

Vrouwen werden als dieren behandeld. Elke vermogende man had twintig, soms dertig vrouwen thuis. Talloze slavinnen waren hun eigendom en buitenshuis hadden ze contact met losse vrouwen.

De slavinnen hadden meer macht dan de gewone vrouwen, omdat ze hard werkten en onmisbaar waren op de boerderijen.

De mannen schaamden zich elke keer als hun vrouwen een dochter baarden. Degenen die al veel dochters hadden, offerden pasgeborenen aan de afgoden.

In deze traditie kwam Mohammad ter wereld. Zijn vader heette Abdollah. Hij was kort voor Mohammads geboorte gestorven.

Zijn moeder heette Amené. Omdat ze hem geen borstvoeding kon geven, werd hij door een andere vrouw gezoogd. Hij was vijf toen hij ook zijn moeder verloor.

Zijn grootvader werd zijn voogd. De man overleed toen Mohammad negen jaar was en zijn oudste oom nam de voogdij over. Mohammad noemde hem oom Taleb.

Deze oom Taleb stuurde Mohammad met een kudde geiten de bergen in, zodat hij zijn eigen kost kon verdienen. Zo werd Mohammad herder.

7 JAHEZ, DE OUDSTE MARKTKOOPMAN VAN MEKKA

Taleb, de oom en voogd van Mohammad, was een kleine handelaar. Hij had een stalletje op de vrijdagmarkt van Mekka. Toen Mohammad ouder werd, hoefde hij geen geiten meer te hoeden. Oom Taleb liet hem als loopjongen voor zich werken.

Om meer van die tijd te weten te komen, ging ik langs bij Jahez bin Ismaiel, de oudste marktkoopman van Mekka. In de loop der jaren was hij blind geworden. Ik stelde hem de volgende vraag: 'Jahez, je hebt je leven lang op de markt gewerkt. Je hebt Mohammad daar als jongen zien werken. Kun je me vertellen wat hij deed, en wat hij precies verkocht?'

'Wat kan ik over hem zeggen? Het is al zo lang geleden', zei Jahez. 'Mohammad was een stille jongen met lang, zwart haar en diepbruine ogen. De hele dag bleef hij kalm in de kraam staan. Als ik me goed herinner had hij deze goederen te koop: geitenkaas, kamelenvet, enkele kommetjes honing, trossen dadels, flessen olijfolie, gedroogde vijgen, brede kamelenbotten, ijzeren pennen waarmee je op de botten kon schrijven, gedroogde munttakjes, een doosje met flessen rozenwater. En stenen beeldjes van de afgoden.

De jonge Mohammad hield alles rustig in de gaten.

Ik herinner me een voorval met een oude joodse handelaar naast mijn kraam. Hij had geen stalletje, maar hij zat op de grond. Hij verkocht goud en zilveren ringen en zijn klanten waren allemaal vrouwen. Eigenlijk handelde hij in geld. Hij verstrekte leningen aan die vrouwen en ze gaven hun ringen en armbanden en halssnoeren als onderpand.

"Jahez!" riep Mohammad naar mij.

Het was druk op de markt, ik hoorde hem niet goed.

"Jahez!" riep hij weer.

"Wat zeg je, Mohammad?" riep ik over de mensen heen.

"Die vrouw", riep hij terwijl hij naar de joodse handelaar wees.

Ik keek, maar ik zag niets bijzonders.

"Oom Taleb", riep Mohammad vervolgens naar zijn oom, die enkele stalletjes verder met een paar kooplui stond te praten.

"Wat is er?" riep zijn oom.

Mohammad wees weer naar de joodse handelaar. Ook zijn oom zag echter niets bijzonders.

"Kasem!" riep Mohammad nu naar een koopman verderop.

Ik kwam ondertussen toch maar achter mijn kraam vandaan om te kijken wat er aan de hand was. Ik zag hoe een vrouw de hand van de joodse handelaar vasthield en smeekte: "Om je profeet Mozes. Geef me mijn ring terug."

Maar de man wilde er niets van weten, want de vrouw had de rente van haar lening niet op tijd terugbetaald.

Opeens waren ook Taleb en Kasem ter plekke. Gedrieën stonden we bij de joodse handelaar en hij kon niets anders doen dan de gouden ring aan de vrouw teruggeven. Dat was te danken aan de oplettendheid van Mohammad.'

'Jahez, herinner je je nog iets over hem uit die tijd?' vroeg ik.

'Op de markt zetten de dichters een krukje neer,' vertelde Jahez, 'ze gingen erop staan en droegen dan hun gedichten voor. Mensen maakten een cirkel om de dichter heen. Als ze een gedicht mooi vonden, gooiden ze muntjes. De woestijndichters waren favoriet. Ze namen zand, paarden, de maan, het zwaard, slangen, vuur, wijn en oogverblindende, wilde woestijnvrouwen in hun gedichten op. Het mooiste gedicht van het jaar werd op een perkament geschreven en aan de linkerwand van de Kaabé gehangen.

Mohammad was verrukt van die dichters. Poëzie fascineerde hem.'

Wat Jahez zei klopte met het volgende verhaal dat ik over Mohammad als jongeman hoorde van Ibrahim bin Zaheri, de huidverkoper. Deze Ibrahim had het op zijn beurt van zijn vader gehoord. Hij zei ongeveer het volgende: 'De woestijndichter Aboe Rahman zei zijn nieuwe gedicht op. O, wat een gedicht! Iedereen bewonderde hem, iedereen gooide muntjes. Mohammad trok in vervoering zijn nieuwe jas van kamelenhuid uit en gooide hem naar de dichter, als beloning voor zijn gedicht.'

8 SABER, DE IJZERHANDELAAR

Ik heb overal naar mensen gezocht die me meer konden vertellen over Mohammad in zijn jonge jaren, maar ik kon niemand vinden.

Toen Jahez de naam van de koopman Kasem liet vallen, zei ik: 'Jahez, wie was Kasem, wat verkocht hij, waar woont hij? Leeft hij nog?'

'Kasem is allang dood, hij handelde in ijzerwaren. Hij had zeven zonen en geen enkele dochter. Daarom liep hij trots als een kameel met een lange nek over de markt. Ga met zijn oudste zoon praten, die was toen even oud als Mohammad.'

'Waar kan ik Kasems zoon vinden? Weet u hoe hij heet?'

'Namen heb ik nooit kunnen onthouden. Soms vergeet ik zelfs mijn eigen naam', zei Jahez. 'Volgens mij zitten zijn zeven zonen nog altijd in de ijzerhandel. Ga naar de bazaar van Mekka of naar de bazaar van Taef. Noem de naam van Kasem en het getal zeven, dan zul je ongetwijfeld een van zijn zonen vinden.'

Ik volgde zijn raad op en ik had succes.

De oudste zoon van Kasem heette Saber. Hij had een groot pand op de bazaar van Taef en handelde inderdaad in ijzer. Hij was helemaal grijs, maar zijn houding was nog kaarsrecht.

Hij ontving me op de binnenplaats van zijn winkel op

een rustbank in de schaduw van een oude olijfboom en liet suikerwater gemengd met rozensap voor me brengen.

Hij had van mijn aanwezigheid alles verwacht, behalve dat ik hem iets over Mohammad zou vragen, over het verre verleden toen hij als jongen op de markt werkte.

'Dat is wat,' zei hij glimlachend en hij haalde zijn pijp uit zijn zak. 'Het is erg lang geleden. Wat wil je precies weten?'

'Heb je geen herinnering aan Mohammad? Iets wat je bijgebleven is van die tijd?'

'Hij was anders dan wij,' zei Saber en hij stak zijn pijp aan, 'we waren allemaal kinderen van de straat, maar hij kwam uit een stam met aanzien. Zijn grootvader was de sleutelhouder van de Kaabé. Niemand kende mij op de markt, maar alle kooplieden kenden Mohammad. Wat kan ik je over hem vertellen wat je zelf niet al weet? Wat ik me goed herinner is dat Mohammad altijd veel gedichten uit het hoofd kende.

Als het rustig was op de markt en de kooplieden bij elkaar kwamen om samen een pijpje te roken, zeiden ze: "Mohammad, zeg eens een gedicht op!" En hij die anders nauwelijks praatte, droeg meteen een gedicht voor.'

'Herinner je je een van die gedichten?' vroeg ik.

Hij lachte: 'Wat een vraag. Ik? Een gedicht? Nee. Maar volgens mij onthield Mohammad alle gedichten die de dichters voordroegen op de markt.'

'Welke dichters waren dat?'

'Ik weet het niet. Ik ben geen man van gedichten of dichters.'

Omdat Saber zich geen naam van een dichter kon herinneren, ging ik zelf op zoek naar gedichten van de woestijndichter Aboe Rahman. Ik vond een mooi liefdesgedicht.

'Djamila!
De geelbruine woestijnslangen kruipen terug
De zwarte schorpioenen verliezen hun kracht
En de olijfbomen laten hun zwarte olijven vallen
Wanneer jij op je blote voeten in je granaatappelkleurige jurk in het hete zand langs mijn huis loopt.'

9 BAHIRA, DE HEILIGE PRIESTER

Als ik vragen stelde over de kindertijd van Mohammad, begon men vaak over een ontmoeting tussen de jonge Mohammad en de oude priester Bahira.

Het is eigenlijk een verhaal dat ooit door de aanhangers van Mohammad is verteld en dat hier en daar is aangedikt.

Maar de vijanden van Mohammad en vooral de joden noemen het een leugen, een hersenschim bedoeld om Mohammad op een lijn te plaatsen met de oude profeten Jezus, Mozes en Ibrahim.

De joden mogen gelijk hebben en het verhaal kan verzonnen zijn, maar de priester Bahira en zijn klooster waren geen verzinsels.

Op zoek naar dat klooster verliet ik Mekka in de vroege morgen en reed richting de Rode Zee tot het donker werd.

Onderweg trof ik een oude karavanserai naast een groot kruispunt, waar handelaren uit andere steden met hun kamelen langskwamen om hun goederen te verkopen.

Daar bleef ik overnachten.

Verderop, aan de voet van de bergen, was het klooster waar ooit Bahira woonde.

De christelijke handelaren die vroeger in deze karavanserai de nacht doorbrachten, gingen de volgende dag altijd gezamenlijk naar het klooster om Bahira te bewonderen. Ze verzamelden zich voor de kloosterdeur en wachtten tot de priester even naar buiten kwam.

In de karavanserai vertelden de handelaren me dat Bahira bijna zijn hele leven in dat klooster had gewoond en dat hij het tot zijn dood niet verlaten had. Ze beschouwden hem als een heilige, iemand die de oorspronkelijke perkamentgeschriften van de oude profeten Ibrahim, Mozes en Jezus in een kast in zijn bibliotheek bewaarde. Ze meenden dat hij kennis van de alleroudste geheimen had.

Bahira was allang dood en ik was nu in die karavanserai. 's Nachts ging ik even buiten wandelen. In de verte zag ik de lichtjes van het klooster branden.

De volgende dag reed ik er bij zonsopgang naartoe. Sinds Bahira gestorven was, bezocht bijna niemand het klooster meer. Van een afstand zag het er leeg en verlaten uit.

Ik stalde mijn paard en betrad het gebouw.

'Is er iemand?' riep ik een paar keer, maar er kwam geen reactie.

Ik liep verder.

Een non verscheen. Ik begreep dat hier alleen nonnen woonden en dat deze non leiding aan het klooster gaf. Ze heette Hadjar en was al redelijk op leeftijd.

Ze dacht dat ik een christelijke handelaar was die gekomen was om een schenking te doen. Daarom begeleidde ze me vol eerbied naar haar werkkamer. Ik legde een zakje zilveren munten op haar tafel, nam plaats op een bank en zei: 'Zuster Hadjar, ik kom eigenlijk voor iets anders. Ik ben bezig om gegevens over het leven van Mohammad te verzamelen. Er gaat een verhaal over hem dat hij hier als tien- of twaalfjarige de priester Bahira ontmoet heeft. Sommigen zeggen dat het waar is. Anderen zeggen dat het verzonnen is om Mohammad te verheerlijken. Weet u misschien iets over die ontmoeting?'

De non Hadjar stopte het zakje zilveren munten in de la van haar tafel en zei gelaten: 'Ach, Mohammad. We hebben het hier altijd over hem. En heel vaak weten we niet wat we van hem moeten denken. Gelukkig leven we hier aan de voet van de bergen met onze rug naar Mekka toe en horen we niet zoveel van die gekte daar. Als de jonge Mohammad ons klooster ooit bezocht heeft, heb ik het uiteraard niet persoonlijk meegemaakt. In die tijd was ik nog een kind. Wel staat voor mij vast dat hij Bahira ontmoet heeft. Niemand weet hoe de jongen tussen die christelijke handelaren terecht was gekomen.

Als Bahira naar buiten ging, drongen de mensen zich naar voren om zijn gouden staf aan te raken. Op die bewuste dag heeft Bahira tussen de handelaren een jongen met zwarte krullen zien staan, die duidelijk geen christen was.

"Hoe heet jij, jongen?" heeft Bahira gevraagd.

"Mohammad."

"Uit welke stam kom je?"

"Ghoreish."

"Hoe heet je vader?"

"Abdollah."

"Met wie ben je hier?"

"Met mijn oom."

"Hoe heet je oom?"

"Taleb."

De priester is toen even blijven staan, heeft zich voorovergebogen en iets in Mohammads oor gezegd.'

'Wat zou dat geweest kunnen zijn?' vroeg ik.

'We zijn er nooit achter gekomen,' zei ze, 'maar hier in het klooster vertelt men dat Bahira later heeft gezegd: "Die jongen was een zonderling!"'

De rest van het verhaal is te lezen in een versie die van de Arabieren komt.

Bahira nam Mohammad mee naar binnen en liet ook diens oom Taleb komen. De priester sprak onder vier ogen met Taleb en bladerde in zijn oude, geheime geschriften.

Nee, de priester vergiste zich niet. Mohammad was de beloofde persoon die zou komen. In een van die geheime geschriften stond duidelijk vermeld dat de jongen het teken van een halvemaan tussen zijn schouders zou hebben.

Met trillende handen trokken de priester en de oom het hemd van Mohammad omhoog en tot hun verbazing zagen ze inderdaad een halvemaan tussen zijn schouders.

Bahira zegende Mohammad met zijn gouden kruis en fluisterde in zijn oor: 'Wees zuinig op jezelf.'

Dit was voor de Arabieren hét bewijs dat Mohammad de opvolger van Jezus was en dat hij thuishoorde in de rij van profeten als Soleiman, Dawoed, Mozes en Ibrahim.

10 DE KOOPMAN WARGAD ONTDEKT MOHAMMAD

Mohammad bleef tot zijn vijftiende bij zijn oom werken. Oom Taleb had zijn vaste kraam op de markt helemaal aan Mohammad toevertrouwd. Hijzelf nam zijn goederen elke dag op zijn kameel mee naar markten in de omliggende dorpen.

Later, toen de kraam van zijn oom voor hem te klein werd, ging Mohammad voor andere grote kraamhouders werken. Hij was zeventien toen koopman Wargad hem ontdekte.

Wargad had een groot pakhuis waar hij materiaal voor de akkerbouw aan de handelaren verkocht: ijzeren ploegen, schoppen, houwelen, spijkers, touwen en bouwstenen. Er lagen ook altijd nieuwe werktuigen uitgestald.

Wargad zocht een handige helper. Zijn zwager, die op de markt werkte, wees hem op Mohammad: 'Hij werkt hard en is betrouwbaar.'

Mohammad kwam bij Wargad in dienst en de koopman zag algauw dat Mohammad geen winkelier kon blijven, dat hij een ongewone jongen was.

Ik, Zeeëd, kende Wargad al sinds mijn prille jeugd. Later zal ik vertellen hoe dat komt.

11 OP ZOEK NAAR WARGAD

Ik trof Wargad op de binnenplaats van zijn grote huis in het centrum van Mekka. Hij zat op de grond en speelde met zijn achterkleinkinderen in de schaduw van een oude dadelboom bij de fontein. Ik had van tevoren zijn zoon benaderd, dus Wargad wist dat ik kwam. Hij was oud, zwak en doof geworden. Ik moest hard tegen hem praten.

'Mijn salam voor Wargad ebne Noevel', riep ik.

Hij kwam moeizaam overeind, bekeek me van een afstand en zei: 'Zeeëd?! Wat ben je veranderd. Ik zou je op straat niet herkend hebben.'

Ik omhelsde hem, kuste zijn hand en zijn linkerschouder en overhandigde hem een korf verse vijgen bedekt met groene bladeren.

'Dank je, Zeeëd! Hoelang heb ik je al niet gezien? Een eeuw? Je snor is bijna grijs, maar je ziet er goed uit. Je loopt rechtop als een kroniekschrijver van een Perzische koning. Wat brengt je naar mij?'

'Ik kwam natuurlijk om u te zien, maar ik moet bekennen dat ik het leven van Mohammad wil beschrijven. En u bent daarvan een onmisbaar deel.'

Wargad gaf de korf met vijgen aan de kinderen, pakte zijn wandelstok en we kuierden samen door zijn grote tuin, langs de moestuinen in de schaduw van de bomen.

Na even over de huidige situatie in Mekka gepraat te hebben, zei ik: 'Wargad, wilt u mij vertellen waar u

Mohammad voor het eerst ontmoet hebt?'

'Eens even denken, waar was het … Ja! Ik zag hem regelmatig op de markt. Je herkende hem meteen, want zijn manier van doen was anders dan die van de overige jongens. Als je met hem praatte, viel zijn weloverwogen woordkeus meteen op. Ik zocht een hulp voor mijn winkel. Mijn zwager stelde voor om Mohammad te vragen. Ik praatte met hem en de volgende dag kwam hij bij me werken.'

'Laten we het zo zeggen: ik had ijzer gewenst, maar ik kreeg goud. Ik had een loper nodig en ik kreeg een toekomstige profeet. Naarmate ik Mohammad beter leerde kennen, besefte ik dat hij me nodig had als een vertrouwensman of als een oudere broer. Hij werkte drie jaar voor me, maar ik voelde dat het werk hem niet bevredigde. Hij moest reizen om zichzelf te vinden. En ik vond het mijn plicht om dat voor hem mogelijk te maken.

Ik bracht hem in contact met een vriend, een grote handelaar, en ik raadde die vriend aan om Mohammad op een handelsreis te sturen. Mohammad kreeg de verantwoordelijkheid voor zeven kamelen beladen met goederen. Hij was nog geen twintig en begon aan de reis van zijn leven.

Vier jaar lang werkte hij op die manier voor verschillende handelaren en hij werd bekend als Mohammad de Oprechte.'

'Waarom de Oprechte?'

'Hij was onkreukbaar en sjoemelde nooit met de kas.

Hij leidde zelfstandig zijn karavaan, werkte hard en had doorzettingsvermogen. Daarom wilde iedere handelaar Mohammad in dienst nemen.

Zeeëd, ik zal je iets moois vertellen. Mohammad had een keer een afspraak met een grote handelaar. Maar de handelaar was de afspraak vergeten en kwam niet opdagen. Toen de man de volgende dag in zijn zaak kwam, zag hij dat Mohammad daar nog altijd op hem stond te wachten. De handelaar bood hem een belangrijke functie aan in zijn zaak.'

'Wat voor functie?'

'Die van karavaansalar. Later mocht hij honderd kamelen met goederen en tientallen lopers naar verre steden begeleiden.'

Een nieuwe wereld opende zich voor Mohammad. De reizen duurden lang. Hij sliep in karavanserais en ontmoette handelaren uit het Perzische Rijk, uit Egypte, uit Ethiopië en uit het Byzantijnse Rijk.

Zo maakte hij kennis met Zarathoestra van de Perzen, Jezus van de christenen, Mozes van de joden en de farao's van Egypte.

Het grote Perzische Rijk schudde Mohammad wakker. Het land kende een enorme rijkdom. Als wij in Mekka aan de Perzen dachten, dachten we aan goud, mooie vrouwen, fruit, tapijten, koningen en koninginnen. En aan hun profeet Zarathoestra.

In vergelijking met Perzië was ons land een achterlijk oord, een zandbak.

Elk land had ooit een beschaving gekend. Wij niet, wij nooit.

Elke beschaving had ooit een Boek gehad. Wij niet, wij nooit.

Wij vereerden nog altijd goden van steen.

Mekka was een ten dode opgeschreven stad. Slaven werden er als vee behandeld en de vrouwen werden er in huizen opgesloten als bezit van de mannen.

Mohammad reisde, hij sliep in de Perzische karavanserais en discussieerde nachtenlang met de handelaren.

Hij zag de verschillen.

Hij dacht na.

12 IBRAHIM, HET VOORBEELD VAN MOHAMMAD

Wargad was geen gewone handelaar. Hij was een vrije geest die zich bewust was van de verdorven maatschappelijke situatie in Mekka.

Hij was een christen. Of beter gezegd: een hanafi.

De hanafi vertegenwoordigden een vertakking van het christendom die de lezing van de officiële Kerk niet volgde. Ze meenden dat de Kerk de inhoud van de Bijbel en het levensverhaal van Jezus drastisch veranderd had.

Precies in de tijd dat Mohammad voor Wargad werkte, was er een ondergrondse beweging in Mekka gegroeid. Een groep jonge mannen vergaderde in het geheim en wist dat het tijdperk van de verheerlijking van de afgoden voorbij was. Ze waren tegen de slavenhouders en tegen corrupte handelaren. Ze wilden de positie van de vrouwen en slaven verbeteren. En ze zochten naar een manier om Mekka te redden van de ondergang.

Wargad was actief lid van deze beweging.

Later, toen Mohammad niet meer voor hem werkte, nam Wargad hem een keer mee naar een van hun bijeenkomsten. Mohammad werd meteen door iedereen hartelijk ontvangen.

'Hij was een aanwinst,' zei Wargad, 'hij discussieerde stevig en had de kracht om alle aandacht naar zich toe te trekken. Maar ik merkte dat hij zich gaandeweg verveelde. Hij voelde zich niet thuis bij ons. Misschien vond hij ons te week. Wij dachten aan een hervorming, maar hij had het over een omwenteling. Hij zei dat we openlijk tegen de afgoden in actie moesten komen. Hij hechtte geen waarde aan die geheime vergaderingen. Hij vond dat we de straat op moesten gaan om direct met de mensen te praten. Daar hadden wij geen moment bij stilgestaan, dat wilden we ook niet. Wij zochten naar een simpele oplossing voor de stad Mekka, maar Mohammad dacht verder.

In die tijd zag ik het nog niet in hem, want hij was jong, maar volgens mij zocht hij de oplossing zelfs toen al in het goddelijke. Hij praatte er niet openlijk over. Misschien was hij nog niet zover. Achteraf zie ik het heel duidelijk. Mohammad wilde Mekka met een Boek in de hand redden. De profeet Ibrahim was zijn voorbeeld. Ibrahim behoorde tot de Arabieren, in tegenstelling tot Mozes en Jezus.

Mohammad had in zijn kindertijd dagelijks uren met zijn grootvader in de Kaabé doorgebracht, waar de sporen van de profeet Ibrahim sterk aanwezig waren.

Ook de stam van Ibrahim had ooit zijn afgoden in het gebouw bewaard.

Ibrahim was tegen de afgoden van zijn volk, hij wilde ze afschaffen. Hij had de afgoden zelfs een keer met een bijl kapotgeslagen. Ibrahim was gevangengenomen en men had hem op de brandstapel gezet.

Mohammad dacht aan Ibrahim en naarmate hij ouder werd, werd de drang groter om de onvoltooide taak van Ibrahim te voltooien. Hij begon geleidelijk vergaderingen over te slaan en later trok hij zich definitief terug. Maar in onze groep maakte hij kennis met drie wijze mannen die hem tot aan zijn dood hebben begeleid. Het waren Aboebakar, Omar en Osman.'

Aboebakar werd later de directe opvolger van Mohammad, als eerste kalief van de islam.

Omar volgde Aboebakar op als de tweede kalief en Osman werd na Omar de derde kalief.

Wargad was oud en het was warm. Hij kon het niet langer buiten volhouden en was toe aan zijn middagdutje. 'Mag ik vanavond langskomen, als het wat frisser is?' riep ik hard in zijn dove oor.

'Het is goed. Kom', knikte hij.

13 GHADIDJE, DE EERSTE VROUW VAN MOHAMMAD

Koopman Wargad deed nog iets wat grote invloed had op het leven van Mohammad. Hij bracht hem in contact met zijn oude, rijke nicht, Ghadidje. Daarmee gooide hij Mohammad vanuit een plas in een rivier.

Ik was erg nieuwsgierig naar het verhaal van de ontmoeting tussen Mohammad en Ghadidje.

Ghadidje veranderde ook mijn leven. Ik was niets, maar ik werd iets door haar.

Ik, Zeeëd, zal voorzichtig omgaan met mijn pen wanneer ik over haar schrijf. Ze was mijn bazin, mijn meerdere.

Ze was niet mijn moeder, maar ze had het kunnen zijn.

Ik zal mijn woorden als goud wegen voordat ik iets over haar op papier zet.

De charmante Ghadidje was de enige machtige zakenvrouw in Mekka.

Ze was mijn schepper, de vrouw die me ooit als een slaaf gekocht had en mee naar huis had genomen. Zij heeft me gemaakt tot wie ik nu ben.

Om over haar te horen, ging ik 's avonds terug naar het huis van Wargad.

Ik werd hartelijk ontvangen door zijn zoon. Hij had

een bank voor ons op de binnenplaats tegen de muur gezet. Ik ging naast Wargad zitten.

'Wargad, vertel me over Ghadidje.'

'O ja, mijn dierbare nicht Ghadidje. Weet je, men vergeet zulke dingen eigenlijk nooit, maar ik ben oud geworden en heb soms een duwtje nodig om op gang te komen.'

'Wargad, hoe kwam u erbij om Mohammad aan Ghadidje voor te stellen?'

'Mijn oom, de vader van Ghadidje, was een vooraanstaand handelaar in Mekka', zei Wargad. 'Hij stierf onverwachts, hij had geen zoon en daarom nam Ghadidje, zijn oudste dochter, het familiebedrijf over. Het was in de tijd dat Mohammad als karavaanleider voor de grote handelaren werkte.

Ik dacht dat Ghadidje zo'n betrouwbaar iemand als Mohammad heel goed als haar rechterhand zou kunnen gebruiken. Daarom heb ik indertijd eerst met Ghadidje en daarna met Mohammad gesproken.

Destijds waren er slechts een paar prachtige woningen in Mekka, huizen die iets weg hadden van een kasteel. Een van die huizen was van Ghadidje. Ik nam Mohammad mee en stelde hem aan haar voor.'

'Had u verwacht dat ze zouden trouwen?'

'Nee, Ghadidje was begin veertig, ze was al twee keer getrouwd geweest en had vier kinderen. Mohammad was minstens vijftien jaar jonger dan zij en had volgens mij nog nooit een vrouw aangeraakt. Bovendien was Ghadidje net als ik een hanafi.

Nee, ik had helemaal niet verwacht dat ze zouden

trouwen en ik vond het eerst ook niet leuk. Het voelde een beetje als bedrog. Ik was overigens niet de enige die erdoor verrast was. De handelaren praatten er met verbazing over toen ze het hoorden. Niemand begreep het, maar ik uiteindelijk wel.

Ik dacht: deze Mohammad bereikt wat hij wil. Hij zal later het land op zijn kop zetten. Hij was als wees opgegroeid, hij had geen bezittingen en wilde in zijn eentje de Kaabé met zijn blote handen ontdoen van de afgoden. Iemand met zo'n grote ambitie had gezag en vermogen nodig. Ghadidje gaf hem beide. Hij had een indrukwekkend huis nodig, het huis van Ghadidje was indrukwekkend. Hij had een bepalend boek nodig. Ghadidje bood hem haar hanafietenbijbel aan. Hij had kamelen nodig. Zij gaf hem drieduizend kamelen en een paar honderd arbeiders in dienst. Mohammad was analfabeet, Ghadidje leerde hem lezen.'

'Wargad, u suggereert dat Mohammad met Ghadidje is getrouwd om zijn droom te verwezenlijken.'

'Denk je? Eerlijk gezegd denk ik soms van wel, soms van niet. Ik weet het nog altijd niet. Een man van vijfentwintig kan toch nog niet weten dat hij later profeet zal worden. Aan de andere kant kon Mohammad elk meisje krijgen dat hij wenste. Waarom koos hij dan voor Ghadidje? Toch om de macht? Of denk jij er anders over, Zeeëd?'

In plaats van antwoord te geven, stelde ik hem een wedervraag: 'Wargad, als ik me niet vergis, ging u in het begin vaak langs bij Ghadidje en Mohammad, later werd dat minder. Waarom steunde u Mohammad niet toen hij aan zijn missie begon?'

'Kijk, Ghadidje gaf haar lichaam, haar geest, haar goud, haar huis, haar kamelen én haar geloof aan Mohammad. Ik was een hanafi, ik bleef een hanafi en ik zal sterven als een hanafi.'

'Ik proef bittere woorden, Wargad. Heeft Mohammad u soms gekwetst?'

'Nee, dat niet, dat nooit. Maar als je met Mohammad wilde zijn, moest je je helemaal aan hem geven, zowel je geest als je vermogen. Je moest één worden met hem. Dat deed ik niet, dat wilde ik niet.'

Er viel een lange stilte waarin geen ruimte meer was voor woorden. Ik kuste de hand van Wargad en stond op.

14 SAMIHA, DE DOCHTER VAN GHADIDJE

Mohammad werd de man des huizes. Hij nam de leiding over van de handelsonderneming van de familie, haalde een paar jonge, bekwame zakenlui binnen die hij van vroeger kende en gaf hun de ruimte om voor hem te werken. De oude familiehandel, die al een tijdlang op een laag pitje stond, kreeg een nieuwe impuls en begon levendig te draaien.

Ik zocht naar iemand om me iets over die periode te vertellen. Iemand die alles van dichtbij meegemaakt had.

Vanzelfsprekend ging ik langs bij Samiha, Ghadidjes dochter uit haar eerste huwelijk.

Samiha was twaalf toen haar moeder met Mohammad trouwde, ze herinnerde zich het moment nog waarop de jonge Mohammad voor het eerst binnenkwam.

'Ik had Mohammad nooit eerder gezien, ik ging achter het gordijn staan om hem goed te kunnen bekijken. Hij was niet lang, ook niet klein. Zijn melkachtige, lange hemd was splinternieuw, hij liep rechtop en had dichte leren schoenen aan. Hij had wat olie in zijn zwarte haar gesmeerd, het schitterde in het licht van de fakkel toen de bediende hem naar mijn moeders kamer begeleidde. Mijn moeder was verlegen en gedroeg zich onhandig, omdat hij zo jong was.

Het was altijd stil in ons huis, maar Mohammad bracht er opnieuw leven in. Mijn moeder lachte weer en het werd druk.

Een paar avonden per week kwamen er mannen over de vloer voor het eten, daarna discussieerden ze met Mohammad. Ze aten, dronken en praatten volop.

Mijn moeder raakte vrijwel meteen zwanger en baarde een zoon. Mohammad was zo blij, hij glom van geluk. Hij was zo trots op zijn zoon dat hij soms drie keer per dag tussendoor thuiskwam om hem even te bewonderen. En tot ieders verbazing raakte mijn moeder nog twee keer zwanger en baarde ze twee dochters. Mijn moeder, die na twee mislukte huwelijken haar hoop op een nieuw gezinsleven opgegeven had, liep nu als een pauw door het huis en de bedienden snelden van de ene kamer naar de andere om de kinderen te verzorgen.

Mohammad, die zijn eigen vader nooit gezien had, hij die zich zijn moeder niet meer herinnerde, was de vader van een grote familie geworden.

Buitenshuis was hij met de handel bezig en binnenskamers was al zijn aandacht voor ons, zeven kinderen, mijn moeder en de bedienden. Hij was jong, maar ook handig en verstandig en je voelde je beschermd naast hem.

Opeens sloeg het noodlot toe. Ghasem, de zoon van Mohammad en Ghadidje, werd ziek. Mohammad liet alle geneesheren van Mekka naar ons huis komen om hem te behandelen, maar het mocht niet baten en het jongetje stierf in de armen van Mohammad.

Met zijn dood verdween het geluk uit ons huis, het leek alsof de lichten voorgoed waren uitgedaan, zo donker werd het bij ons.

Mohammad werd in verdriet gedompeld. Hij die drie keer per dag zijn werk onderbrak om even met zijn zoon te spelen, hield zich nu alleen nog met het bedrijf bezig en kwam niet meer thuis eten.

Op een dag ging mijn moeder in haar eentje de deur uit. Ze ging nooit alleen naar buiten, ze nam altijd haar bedienden mee. Ik weet het nog, ik riep: "Moeder, waar ga je naartoe?"

"Ik kom zo terug", zei ze.

Ze ging naar het huis van haar neef, de slavenhandelaar Hakim bin Haram. Ik weet niet wat daar precies besproken is, maar toen ze terugkwam, had ze iemand bij zich. Een jongetje van een jaar of zeven, met blote voeten, lange vieze nagels en warrig haar.

"Wie is dit, moeder?" vroeg ik verbaasd.

Ze gaf geen antwoord, riep haar bediende en zei: "Neem hem mee, knip zijn haar, was hem, knip zijn nagels, doe hem schone kleren aan en houd hem op je kamer tot ik je roep."

's Avonds laat, toen Mohammad thuiskwam, hield mijn moeder hem op de binnenplaats staande en zei: "Blijf hier en sluit je ogen. Je mag niet kijken."

Ik zie het nog voor me.

Mohammad sloot zijn ogen. Mijn moeder gebaarde naar haar bediende en pakte een fakkel.

"Mohammad, je mag nu kijken", zei mijn moeder en ze hield de fakkel omhoog. Het jongetje stond met kortgeknipt haar in zijn schone kleren verlegen naar Mohammad te staren.

"Wie is dit?" vroeg Mohammad verbaasd.

"Hij heet Zeeëd. Ik heb hem voor jou gekocht", zei mijn moeder lachend.

Een brede glimlach verscheen op het gezicht van Mohammad. Het geluk keerde weer terug in ons huis. Mijn moeder raakte nog twee keer achter elkaar zwanger en hoopte dat ze weer een zoon voor Mohammad zou baren, maar ze baarde twee dochters. Zeeëd bleef de enige zoon van Mohammad.'

Ik, Zeeëd, huilde van geluk toen Samiha dit verhaal vertelde.

15 GHADIDJE LEEST DE BIJBEL VOOR

Door het verhaal van Samiha herinnerde ik me weer de eerste nacht van mijn verblijf in het huis van Mohammad en Ghadidje.

Bijna alle details van die nacht kwamen terug. Sinds iemand me als vijfjarig kind op de bazaar van Taef gestolen had, had ik twee jaar lang als een hond in de kooien en schuren van de slavenhandelaren gewoond. Nadat Ghadidje me van haar neef had gekocht, kreeg ik mijn eigen bed in de bediendenkamer.

De eerste nacht kon ik niet slapen, omdat mijn bed zo zacht en schoon was. Alles was anders dan ik gewend was.

Ik had nog nooit gezien dat een vrouw een boek las of dat een man zijn hoofd in de schoot van een vrouw legde. Een van die scènes heb ik altijd onthouden.

Het was warm en de hemel was donkerblauw en groot. Hij leek laag door de vele sterren. Het was alsof die sterren aan het dak van het huis hingen of alsof het huis tussen die sterren stond. Mohammad lag op zijn rug op een kleed op de grond met zijn hoofd in de schoot van Ghadidje. Zij las hem de Bijbel voor bij het licht van een lantaarn die naast haar op een houten tafel stond. Mohammad luisterde rustig naar haar, terwijl hun dochtertje op zijn borst lag te slapen. Ik wist niet dat ze hun zoon pas verloren hadden en dat ze daarom zo verdrietig waren. Ik wist ook niet dat Ghadidje een passende passage uit haar Bijbel voorlas om Mohammad te troosten, om hem weer hoop te geven.

De woorden die ze die avond voorlas, hebben zich in mijn lichaam genesteld. Ik begreep toen niet waar het over ging, maar ik heb later in de Bijbel gezocht en de passage gevonden. Ik las haar en kreeg weer tranen in mijn ogen:

> 'Toen gebood Farao aan al zijn volk, zeggende: Alle zonen, die geboren worden, zult gij in de rivier werpen, maar al de dochteren in het leven behouden.
> En een man van het huis van Levi ging en nam eene dochter van Levi. En de vrouw werd zwanger, en baarde een zoon. Toen zij hem zag, dat hij schoon was, zo verborg zij hem drie maanden.
> Doch als zij hem niet langer verbergen kon, zo nam zij voor hem een kistje van biezen, en belijmde het met lijm en met pek; en zij legde het jongsken daarin, en legde het in de biezen, aan den oever der rivier.'

Uit de Bijbel voorlezen was traditie in het huis geworden. Elke avond na het eten ontrolde de bediende een tapijt op de veranda, zette een tafeltje neer, plaatste de lantaarn erop en legde de Bijbel ernaast.

Ghadidje las voor en Mohammad luisterde met gesloten ogen, leunend op een groot kussen. De bedienden gingen stil bij de ramen staan en luisterden mee. Ik bleef in de deuropening op de drempel zitten.

In de Koran vermeldt Mohammad misschien wel honderd keer trots dat hij lezen noch schrijven kon. Dat is deels waar en niet waar.

Het is waar dat hij niet kon lezen of schrijven toen hij Ghadidje leerde kennen. Daarna trachtte hij het lezen onder de knie te krijgen en deed hij verwoede pogingen om te schrijven.

Hij schreef met zijn rechterhand, maar hij had een onduidelijk handschrift. Als dat van een kind.

Ik herinner me nog dat Ghadidje Mohammad en mij leerde lezen en schrijven.

Ze kon Mohammad niet dwingen om huiswerk te maken. Hij maakte het ook niet. Ik wel, ik moest, anders mocht ik de deur niet uit. Ik oefende zo veel dat ik eelt op mijn vingers kreeg.

Na een tijdje kon ik net zo goed lezen als Ghadidje, maar met Mohammad werd het niets. Hij las heel traag, bleef lang bij de woorden hangen. Hij las geen zinnen of woorden, maar letters. En het is vermoeiend om letter voor letter te lezen. Hoewel hij bekendstond om zijn geduld, ontbrak hem het geduld om een tekst tot het einde te lezen. Hij was geen lezer, maar een redenaar.

16 MOHAMMADS VERBLIJF IN DE KARAVANSERAIS

De kinderen waren op een leeftijd gekomen dat Ghadidje in haar eentje het gezin draaiende kon houden.

Mohammad had een paar ervaren handelaren in dienst genomen die in zijn afwezigheid leiding aan de zaak gaven. Daardoor had hij zijn handen vrij om verre reizen te maken. Hij bleef soms twee maanden weg. Dan stuurde hij zijn karavaan met goederen terug, maar verbleef zelf langer in een bekende karavanserai in het grensgebied van het Perzische Rijk. Deze karavanserai lag aan de zijderoute.

Het was Mohammads favoriete plek. Later, toen ik ouder was en Mohammad me meenam, heb ik een keer drie weken met hem in die karavanserai doorgebracht.

Het was een onvergetelijke belevenis. Handelaren uit alle hoeken van de wereld kwamen daar met hun karavanen aan. Het waren de rijkste, machtigste en belangrijkste handelaren van hun tijd. Niet alleen de oude, ervaren zakenmannen uit Yazd, de geboortestad van de Perzische profeet Zarathoestra, reden langs de karavanserai; ook Indische en Griekse handelaren, die een lange reis op hun kamelen hadden afgelegd.

Deze kooplieden kwamen niet uitsluitend voor de handel, ze wilden reizen, ze wilden wat van de grote wereld zien. Het waren de belangrijkste reizen van hun leven. Op die manier maakten ze kennis met de ontwikkelingen in de wereld. Ze ontmoetten mensen van andere beschavingen en wisselden hun ervaringen uit.

Behalve de handelaren die naar die karavanserai kwamen, verbleven er ook veel wetenschappers, dichters, astronomen en avonturiers. Ze kwamen daar, ontmoetten elkaar en discussieerden met elkaar. Velen spraken meerdere talen, anderen regelden ter plekke een tolk.

Overdag concentreerden de koopmannen zich op hun handel. Ze stalden hun goederen uit op de grond om te laten zien wat ze meegenomen hadden.

Het was een wonderlijke ervaring, die keur aan koopwaren die je nooit eerder in je leven gezien had. Zonderlinge messing beelden die de Grieken hadden meegenomen, verbazingwekkend schrijfpapier dat de Indiërs uit China hadden gehaald, nieuwe ijzeren schoppen en houwelen die de Byzantijnse ambachtslieden voor het eerst te koop aanboden. Verder parelsnoeren, gouden armbanden, tapijten van de Perzische zakenlieden en vele soorten kruiden, gedroogd fruit en dierenhuiden.

Als de avond viel en iedereen in de tenten gegeten had, werd het tijd voor nieuwe magische taferelen. Mensen vormden tientallen cirkels op de grond. Fakkels brandden, verse thee werd rondgebracht. De mensen die lekkernijen verkochten deelden verse zoetigheden uit en de pijpen werden aangestoken.

In één cirkel speelde men muziek, in een andere dansten mooie slavinnen. In een derde cirkel werden slangen en apen getoond, maar iets verderop, aan de stille kant van de karavanserai, filosofeerden de geleerden over hun nieuwe opvattingen over de wereld. Ook werd er gediscussieerd over de teksten van de Bijbel, de Tora en de Avesta van Zarathoestra. Dichters lazen hun laatste gedichten voor en sterrenkundigen tekenden het hemelgewelf naar hun nieuwe bevindingen in verschillende kleuren op de grond.

Als het aan Mohammad had gelegen, zou hij nooit meer naar huis zijn gegaan.

Nieuwsgierig luisterde hij naar de wetenschappers en de sterrenkundigen en hij discussieerde over de teksten van de oude profeten. Hij genoot van de poëzie van de dichters.

Eenmaal thuis kon hij rekenen op een paar dagen ruzie. Ghadidje riep: 'Waar was je, Mohammad? Heb je ons misschien niet meer nodig? Of ben je soms vergeten dat je toevallig ook nog een vrouw en kinderen hebt? Of denk je: dat bedrijf is toch niet van mij, dat is van de familie van mijn vrouw?'

Daarna keerde de stilte weer. Mohammad ging naar zijn werk en kwam op tijd naar huis, maar je merkte dat iets in hem veranderd was. Hij werd stiller en zijn ogen hadden meer diepte gekregen. Hij was mager geworden en je zag de groeven in zijn gezicht.

'Mohammad, waar ben je mee bezig?' hoorde ik Ghadidje vaak tegen hem zeggen.

Hij zweeg. Het was alsof je een steen in een stil meer gooide.

17 DE PERIODES VAN VIJF JAAR IN MOHAMMADS LEVEN

Samiha, de dochter van Ghadidje, was in die tijd getrouwd, maar ze kwam regelmatig thuis. Ze had goed contact met haar moeder.

'Soms dacht ik dat mijn moeder weer met een verkeerde man getrouwd was', vertelde Samiha. 'Alles ging goed met de handel en we hadden veel pret thuis, maar opeens begon hij met die lange reizen. Mijn moeder was verdrietig en dacht dat Mohammad haar niet meer wilde. Ze is altijd bang geweest dat ze hem zou verliezen, dat hij haar in de steek zou laten voor een jongere vrouw. Ze huilde bij mij uit en zei dat ze zeker wist dat Mohammad bij andere vrouwen bleef slapen.

Ik geloofde mijn moeder, want ze was nu bijna vijftig jaar oud en Mohammad was juist in de bloei van zijn leven. Mijn moeder praatte met hem, vroeg hem naar andere vrouwen, maar hij ontkende steeds stellig.

Mijn arme moeder heeft nooit geluk gehad met mannen. Mohammad was goed, maar hij gaf haar geen rust. De problemen die hij veroorzaakte, waren niet te vergelijken met de problemen die andere mannen opriepen.

Mohammad kon geen echtgenoot van iemand zijn en hij paste niet bij mijn moeder.

Mijn moeder zei later dat er elke vijf jaar een nieuwe fase in Mohammads leven begon.

De Mohammad die verre reizen maakte, lang wegbleef en mijn moeder tot wanhoop dreef, reisde na vijf jaar niet meer. Hij werd rustig, ging op tijd naar zijn werk en kwam op tijd naar huis. Hij was stil geworden. Buitengewoon stil. Hij zat dikwijls in gedachten verzonken en kreeg grijze haartjes in zijn baard.

Hij zocht vaker zijn oude vrienden op en voerde tot diep in de nacht gesprekken met Aboebakar, Omar en Osman.

En er kwamen boeken. Hij nam een groot boek mee en Ghadidje las hem daar elke avond uit voor. De boeken brachten Mohammad terug naar mijn moeder en ik merkte dat ze weer gelukkig was. Zo had ze Mohammad soms de hele nacht naast zich.

Na vijf jaar begon hij de bergen te beklimmen. En soms overnachtte hij in de bergen.

"Moeder, laat hem, je zult hem nooit helemaal voor jezelf hebben", zei ik tegen haar.'

18 MOHAMMAD EN DE GROT HERA

Buiten Mekka lag een bergketen en als de zon scheen, kregen de hellingen heldere, geelbruine kleuren. In de winter zagen ze er zwart uit.

Het waren grote, harde rotsen, waarop geen sprietje gras groeide. Daarom waren er geen wandelpaden. Het was eigenlijk een gebied voor slangen, salamanders en grote, aardekleurige sprinkhanen.

Aan de andere kant van deze bergen, waar 's middags schaduw viel, groeiden veel planten met doornen. In de lente brachten de herders hun kuddes naar die plekken om ze van het verse groen te laten eten.

De bergen stelden niet veel voor, maar er was een grot die nu als een goddelijk monument wordt beschouwd. Die grot draagt de naam Hera.

Hera is een onlosmakelijk deel van Mohammads leven geworden en heeft een duidelijke plek in de Koran gekregen. Het is de plek waar Mohammad de engel Ghabriël, de gezant van Allah, voor het eerst ontmoet heeft.

Vijf jaar lang, van zijn vijfendertigste tot zijn veertigste, beklom Mohammad regelmatig de berg Hera.

Hij was misschien vaker thuis, maar hij was er ook weer niet; hij was geestelijk afwezig.

Hij ging naar zijn werk, maar van zijn aanwezigheid was weinig merkbaar. Hij ging in zijn kamer zitten, deed de deur dicht en sloot zichzelf op.

Ghadidje maakte zich zorgen om Mohammad en om de handel. Daarom probeerde ze mij meer bij het bedrijf te betrekken. Ze stuurde me erop uit om met zakenlieden af te spreken. Als Mohammad niet naar zijn werk ging, ging ze zelf op zijn kantoor zitten, met mij als haar rechterhand.

'Op Mohammad kunnen we niet meer rekenen', zei Ghadidje tegen mij. Dat was ook de klacht van de kooplieden. Mohammad kwam steeds vaker zijn afspraken niet na, hij leverde niet op tijd en goederen die hij zelf besteld had, haalde hij niet af.

Mohammad zocht zijn heil in een grot op de berg Hera.

Hij vertelde ons niet dat hij wegging en hij vertelde ons ook niet wanneer hij terug zou komen. Het begon ermee dat hij 's middags vertrok om pas diep in de nacht huiswaarts te komen. Daarna bleef hij soms twee, drie nachten weg.

Een keer zei Ghadidje tegen mij: 'Zeeëd, we zijn Mohammad aan het verliezen, jij bent nu de man des huizes. Let goed op alles, open je ogen en oren. Straks, als je volwassen bent, moet je de familiehandel overnemen.'

Dat zou nog wel even duren. Bovendien lag mijn sympathie meer bij Mohammad dan bij haar. Ik ging door het vuur voor Mohammad, ik was zijn zoon, ik was zijn schaduw, ik was een verlengstuk van hem geworden.

Toen ik een jongen was, besefte ik dat niet. Later wel, en dat kwam door Mohammads persoonlijkheid.

‘Mag ik hem in de bergen gaan opzoeken? Misschien heeft hij onze hulp nodig’, zei ik op een avond. Mohammad was een paar nachten niet thuisgekomen en Ghadidje maakte zich zorgen.

‘Ja, dat is goed, Zeeëd. Maar het is donker, je kunt niets zien in de bergen.’

‘De maan schijnt. De nacht is helder, ik kan alles zien’, zei ik.

Ik stopte brood, fruit, dadels en water in de draagtassen van een muilezel en vertrok.

De muilezel kon niet ver de berg op, daarom bond ik zijn leidsel vast en klom verder omhoog, naar de top van de berg.

De grot bevond zich op een lastige plek: als een bok moest ik de bergwand beklimmen en goed opletten waar ik mijn voeten neerzette. De maan stond midden aan de hemel, een hemel zo laag door de ontelbare sterren en een stilte zo groot, dat je niet durfde te bewegen, bang dat een steen onder je voet geluid zou maken. Eindelijk bereikte ik de grot. Het was een opening in een enorme bruine rots.

Ik riep zachtjes: ‘Mohammad?’

Maar ik kreeg geen antwoord.

‘Mohammad?’ riep ik weer.

Ik kreeg weer geen antwoord.

Omzichtig sloop ik de grot binnen. Er brandde een kleine lantaarn, maar ik zag niemand. De grot was klein. Je kon net niet rechtop staan. Je moest je hoofd een beetje buigen, maar er was genoeg plaats op de grond om er met twee mannen te zitten. Er lag een kleedje op de grond en er lagen boeken, een pen en een paar perkamenten geschriften.

Ik knielde meteen om er een te lezen, maar het was onleesbaar als geheimschrift. Ik bladerde snel in de boeken. De Bijbel, de Tora, de verhalen over de oude volkeren, de leer van een Perzische profeet en een paar geschriften over de hemelgewelven. Waren deze boeken van Mohammad?

Ik legde de zak die ik nog op mijn rug droeg op de grond en ging naar buiten.

'Mohammad? Waar ben je, Mohammad?'

Ik klom verder de berg op.

Op de top tekende zich het silhouet af van een man die stil naar de hemel keek.

'Mohammad, ben jij het?'

19 SEJEED, DE ZAAKWAARNEMER VAN MOHAMMAD

De enige persoon die meer duidelijkheid over die periode kon scheppen was Sejeed, een oude zakenvriend van Mohammad.

Ze kenden elkaar van vroeger, toen ze als karavaanleiders voor dezelfde handelaar werkten.

Toen Mohammad met Ghadidje trouwde en haar familiebedrijf overnam, haalde hij Sejeed over om voor hem te komen werken.

Sejeed ontwikkelde zich tot de zaakwaarnemer van Mohammads bedrijf. Als Mohammad verre reizen maakte en lang wegbleef, was Sejeed degene die alles regelde. En toen Mohammad vaker de bergen in ging, gaf Ghadidje Sejeed de opdracht om de zakelijke leiding over te nemen.

Ik had Sejeed sinds mijn jeugd niet meer gezien. Ik wist niet of hij nog leefde, maar het was niet moeilijk om hem op te sporen; de oude zakenlieden kenden hem allemaal. Daarom ging ik naar de oude bazaar van Mekka.

Alles was daar veranderd: van de handelaren die ik kende, was er niet één meer. En in het deel waar ooit Mohammads kantoor was, stonden nu jonge handelaren die niets wisten van die tijd.

Opeens werd ik geholpen door het leven. Ik zag de

man die vroeger met een kan op zijn rug thee rondbracht in de bazaar. Hij had nog dezelfde trekken, maar hij was oud en krom geworden.

'Salam eleikom. Kent u me nog?'

Nee, hij kende me niet.

'Ik ben Zeeëd, de zoon van Mohammad, die vroeger hier werkte.'

De man glimlachte, maar blijkbaar kon hij niets van de vijftienjarige Zeeëd in mijn gezicht terugvinden.

Ik drukte een zilveren munt in zijn hand en zei: 'Ik zoek Sejeed, die hier voor Mohammad werkte. Ik wil weten of hij nog leeft. Ik wacht in dat eethuis op je. Als je hem vindt, zal ik je nog twee zilveren munten geven.'

Het duurde lang. Ik at wat, dronk een paar kopjes thee en bestelde een waterpijp. Net toen ik wegdommelde, dook de man op.

'En?'

'Hij leeft. Hij werkt in de winkel van zijn kleinzoon.'

'Wat voor een winkel?'

'Een winkel met lekkernijen aan de andere kant van de bazaar, precies bij de poort, op de hoek.'

Ik volgde de oud-theeverkoper over de drukke bazaar. In de bewuste winkel stonden veel klanten. De geur van de lekkernijen kwam je al van ver tegemoet. Allemaal Arabische zoetigheid: koekjes en snoepgoed, droge vijgen, dadels en rozijntjes.

'Waar is hij?'

'Hij zit helemaal achter in de winkel te werken', zei de

theeverkoper. Ik gaf hem de twee beloofde zilverstukken.

Inderdaad, Sejeed zat deeg te maken. Hoewel hij oud was, zag hij er goed uit en hij werkte snel. Ik legde mijn hand op zijn schouder, boog me voorover en zei zacht: 'Salam eleikom. Ik ben Zeeëd, de zoon van Mohammad.'

Zijn handen stopten met werken. Met zijn zwakke ogen tuurde hij naar mij: 'Zeeëd? Zeeëd ebne Mohammad?'

Hij kwam overeind en omhelsde me met zijn vettige handen waar nog wat deeg aan hing.

'Hier is het druk, laten we naar buiten gaan,' zei hij en we zochten de tuin van een theehuis op.

'Zeeëd! Hoe heb je mij gevonden?'

'Met zilverstukken,' zei ik lachend.

'Waarom dacht je aan mij?'

Ik vertelde hem wat ik deed en dat ik bij mensen langsging die Mohammad gekend hadden. 'Sejeed, vertel over de jaren waarin Mohammad vaker de bergen in ging en de zaak aan jou overliet.'

'Je vraag stuurt me plotseling terug in de tijd. Drink je thee, Zeeëd. Geef me de ruimte om na te denken. Ik ben een beetje teleurgesteld in Mohammad.'

'Hoezo, teleurgesteld?'

'Hij werd de leider van het land,' zei Sejeed. 'Hij werd bijna koning. Nooit stuurde hij iemand langs om te kijken hoe het met mij was. Terwijl we toch vrienden waren en ik jarenlang voor hem gewerkt had.'

'Sejeed, verplaats jezelf in de positie van Mohammad. Hij had het zo druk en alles ging zo snel dat hij zelfs geen tijd had voor zijn eigen kinderen.'

'Ik begrijp het. Mohammad en ik waren collega's, maar ook goede zakenvrienden,' zei Sejeed, 'hij was een nobele man. Meer een leider dan een zakenman. Hij kon de dingen ordenen. Hij kon zijn stempel op iets drukken en iets bereiken. Mohammad genoot van de verandering in het familiebedrijf van Ghadidje. Hij trok de juiste mannen aan, stuurde grote karavanen de wereld over en gaf structuur aan de onderneming. Maar hij was geen man om kruiden te verkopen of kamelenhuiden te ruilen voor zilver. Hij wilde meer weten, de wereld verkennen. Hij was eigenlijk bezig met de toekomst van Mekka. Door de kennismaking met andere culturen begreep hij beter dat Mekka aan de rand van de afgrond stond.

Na een van zijn verre reizen zei hij tegen mij: "De wereld is in beweging, maar wij staan stil. In de buurlanden praten mensen eervol over hun vrouwen, terwijl wij ons voor hen schamen en onze pasgeboren dochters doden. In beschaafde landen worden kinderen met liefde behandeld, maar wij stoppen ze als honden in kooien en verkopen ze op de markt. Alle buurlanden hebben een profeet gehad en een Boek, maar wij hebben geen van beide."'

'Sejeed, kun je me vertellen waarom hij zich opeens terugtrok uit het dagelijkse leven en naar die grot ging?'

'Kijk, een tijdje in de bergen verblijven om in stilte na te denken was normaal in die tijd. De geleerden, de sterrenkundigen en de filosofen deden dat ook.'

'Voor korte tijd,' zei ik. 'Mohammad hield het vijf jaar vol. Soms bleef hij weken aaneen in die grot. Ik bracht hem water en eten als hij lang wegbleef.'

'Ik weet het. Ghadidje kwam bezorgd bij me langs, ze dacht dat Mohammad gek was geworden. Eerlijk gezegd dacht ik dat ook. Hij had geen zin meer in het werk. Als hij op het kantoor kwam, hield hij zich meer met de boeken bezig die hij van zijn reizen meegenomen had.'

'Die boeken heb ik in de grot gezien, maar hij kon niet goed lezen. Wat deed hij dan met die boeken?'

Sejeed glimlachte. 'Hij kon wel lezen, maar hij las heel traag. Hij nam er alle tijd voor in de bergen. Volgens mij las hij die boeken woord voor woord. Weet je wanneer ik me echt zorgen begon te maken? Soms zei hij tegen me dat hij stemmen hoorde. Dat hij hoorde dat iemand zei: "Mohammad!" en dat hij niemand zag. Als hij in de grot zat, kwam ook die stem weer: "Mohammad! Ghom fanzer! Mohammad, kom overeind!"

Hij ging buiten kijken en zag niemand.

Hij zei tegen me: "Al onze buurlanden geloven in één God. Ik geloof ook dat er één Schepper is. Kijk ik naar de zee, zie ik Hem. Kijk ik naar de bergen, zie ik Hem. Kijk ik naar de weilanden, zie ik Hem. Waar ik ook kijk, zie ik Hem, die Ene. Maar ik begrijp niet waarom anderen Hem niet zien. Waarom denken de mensen niet na? Waarom vragen ze zich niet af wie de hemelen, de zeeën, de bergen, de bijen en de vrouwen gemaakt heeft? Wie doet het water uit de lucht vallen? Er moet toch iemand zijn. Eén God, de God die Mozes gestuurd heeft, de God die Jezus gestuurd heeft, de God die Ibrahim gestuurd heeft. Er is één Schepper. Hij is Eén en er is niets dan die Ene: La ilaha ella Allah."'

'Sejeed, je zei dat Mohammad klaagde over die stemmen.'

'Nee, dat zei ik niet. Hij klaagde er niet over. Hij hoorde die stemmen echt. Hij dacht dat iemand van boven probeerde met hem in contact te komen. Hij wachtte op dat contact, daarom ging hij op de top van die berg zitten. Hij wachtte!'

20 ABOE NAIM

Na het bezoek aan Sejeed pakte ik wat brood, dadels en water en ging te voet naar de berg Hera. Ik wilde zo'n nacht van Mohammad in die grot beleven.

Naarmate ik verder van Mekka kwam en richting de bergen ging, kreeg ik meer zicht over de stad. Eerst hoorde ik de geluiden nog, daarna verstomden ze. Nu was ik de enige die buiten de poort van de stad op pad was.

Aan het begin van de avond begon ik te klimmen.

De berg Hera had 's nachts een wonderlijke uitstraling. Als je aan het klimmen was, werd je omvat door een oneindige, donkerblauwe kleur met sterren die knipoogden en de heldere maan.

Een groot deel van de berg is goed begaanbaar, maar de laatste drie grote rotsen naar de top zijn moeilijk. Je moet precies weten welke kant je moet nemen.

In de grot stak ik een kaars aan. De spinnen hadden er veel webben gesponnen en er lagen vogelveren op de grond. Ik veegde de grond schoon en ging zitten.

Ik probeerde een boek te lezen dat ik meegenomen had, maar ik kon me niet concentreren. De berg en de nacht hielden me in hun greep.

Hier had Mohammad vijf jaar lang vele nachten doorgebracht en hier had hij stemmen gehoord.

Het kon niet anders. In die grot zou iedereen stemmen gaan horen.

Na enige tijd doofde ik de kaars en ging op mijn zij

liggen. Ik legde mijn handen als kussen onder mijn hoofd.

Er kwamen een paar losse gedachten over mijn kindertijd bij me op, daarna werd ik geleidelijk één met de nacht en ik voelde dat ik met de sterren in het heelal mee bewoog.

'Zeeëd!' sprak een stem, 'wij hebben jou gezien.'

Tranen sprongen in mijn ogen toen ik dacht aan Mohammads eenzaamheid in al die jaren. Hij wilde in zijn eentje zijn volk redden van de ondergang en zocht hulp in de hemel.

Ik ademde diep in door mijn neus, alsof ik zijn geur zou kunnen ruiken.

Zijn geur was vervlogen, maar er waren nog sporen van de rook van zijn lantaarn, die op olijfolie brandde, zichtbaar in de kieren tussen de stenen boven mijn hoofd.

Ik kon het in de grot niet langer uithouden. Ik liep naar buiten en klom verder. Toen ik de top bereikte, zag ik aan de andere kant van de berg iets wat ik niet verwacht had, iets wat me goeddeed. Ik zag tientallen kuddedieren die in het donker verspreid op de hellingen uitrustten, en houtvuurtjes waar herders omheen stonden.

Het was stil, niemand bewoog en het leek alsof de kuddes, de herders en hun vuur een deel waren van het heelal.

Dit had Mohammad elke nacht meegemaakt.

Hij had in zijn kindertijd een aantal jaren als herder in de bergen doorgebracht.

Hij moet met de herders contact hebben gehad. Hij zal melk aan hen gevraagd hebben. Hij zal met hen gegeten hebben.

Ik liep van kudde naar kudde om met de herders te praten. Ze waren allemaal jong, ze wisten niets over de periode waarin Mohammad in de grot verbleef. Ze verwezen me naar enkele oude herders. Toen de ochtend aanbrak, keerde ik terug naar Mekka.

De volgende avond ging ik op zoek naar de herders van weleer, maar ze waren dood of kinds of ze spraken wartaal. De felle zon had hun geheugen door de jaren heen beschadigd. Hun herinneringen waren net een uitgedroogde dadeltros. Op een bejaarde herder na, die ik op zijn sterfbed vond. Hij heette Aboe Naim en hij beweerde dat hij Mohammad vaak in de bergen gezien had.

Ik knielde naast zijn bed, hield zijn hand in mijn handen en bracht mijn oor naar zijn mond.

'sNachts kwam ik hem vaak tegen in de bergen. Hij sliep in die kleine grot. Soms maakte ik in het voorbijgaan een praatje met hem. Dan vroeg ik of hij iets nodig had. Alle herders kenden hem.'

'Hebt u kunnen zien wat hij in die grot deed?'

De herder sloot zijn ogen en dacht even na.

'Op een avond zag ik hem daar liggen. De grot was klein. Hij lag op zijn rug, zijn voeten tegen de wand en zijn armen onder zijn hoofd gevouwen.'

Aboe Naim was erg zwak, hij kon niet lang praten. Ik deed een stukje kandij in een glaasje thee en hielp hem om er een slokje van te nemen.

‘Wat kunt u me verder over Mohammad vertellen?’

‘Diep in de nacht maakte hij vaak een wandeling. Hij ging dan bij de herders zitten praten. Soms zat hij als een wolf op de top van de berg. We zagen zijn gestalte vanuit de verte. Het was een vertrouwd beeld voor ons. We begrepen niet waarom hij het deed, maar vroeger zagen we vaker mensen die dat deden. Het waren geleerden.’

‘Was hij altijd alleen of kwamen er mensen bij hem langs?’

‘Ik heb nooit iemand bij hem gezien. Hij zat alleen af en toe bij ons, de herders. We bleven een paar maanden boven, hij bracht soms vers fruit voor ons mee als hij net uit de stad kwam. En wij gaven hem melk, yoghurt of kaas die we zelf maakten.’

Ik kon Aboe Naim niet langer lastigvallen. Ik stopte twee gouden munten in zijn handpalm. Ik wist dat ik hem daarmee gelukkig maakte, want als hij straks stierf, had hij iets om achter te laten.

21 DE SCHEPPER VAN OLIJVEN

Ik ging niet meer op zoek naar een andere herder. Ik wist wat Mohammad bezig had gehouden.

Als kroniekschrijver moest ik de verantwoording bij mijn eigen pen leggen.

Niemand kon me beter helpen dan Mohammad zelf en de beste bron was zijn Koran.

De Koran heeft honderdveertien soera's en elke soera is genoemd naar een onderwerp dat zijn aandacht vroeg.

Voor alle zekerheid noteerde ik de onderwerpen waar hij in het openbaar over verteld heeft: De koe. Oude volkeren als Ad en Thamud. De oude profeten Mozes, Noeh en Ibrahim. De vrouwen. De tafel. Het vee. De donder. De bijen. Maria. Het licht. De mieren. De spin. Rome. De sieraden. Het paradijs. De hel. De ster. De bergen. De maan. Allah. Het ijzer. De pen. De mens. De engelen. De nachtster. De zon. De honing. De vijgen. Het zaad. De aardbeving. De schepen. De olijven. Het morgenlicht.

Er moest toch een Schepper van al die wonderlijke dingen zijn.

Iemand die de mens uit een druppel geschapen heeft.

Die de zon en de maan getemd heeft.

Die de zee vis en juwelen heeft gegund.

Die ervoor zorgt dat de volgeladen schepen niet zinken, maar zich drijvend een weg over het water weten te banen.

Die de bergen als gigantische pinnen in de aarde gehamerd heeft om het schokken tegen te werken.

Hij schreef:

'Bij de dravende, vechtende paarden, die kort en snel ademen.
En bij de vonken die ze uit hun hoeven slaan.
En bij de strijders in de vroege morgen.
Die dan stof doen opwerpen.
En zich zo samen een weg banen, midden door de slagorde.
Voorwaar, er is iets groots, iets geheimzinnigs aan de hand.'

Hij keek betoverd naar zijn pen en neuriede:

'Noen walgalam wa ma jastaroen:
Bij de pen en bij wat je ermee schrijft.
Er moet toch een Schepper voor dit wonder zijn.'

Hij zag overal de sporen van de Schepper, maar waarom zag de Schepper Mohammad niet?

In zijn grot verwachtte hij dat Hij hem een teken zou geven. Hij dacht dat hij een uitverkorene was. Anders dan alle anderen. Hij voelde dat hij een opdracht van boven zou krijgen. Bijna ontwaarde hij wie vanuit de hemel leiding aan de wereld gaf.

Maar niemand van boven zag Mohammad en niemand openbaarde zich aan hem.

De aarzeling rees. Mohammad begon te denken dat hij zich vergist had.

22 GHABRIËL, DE BODE VAN ALLAH

Als Allah, de Schepper van de mens, ezels, bijen, mieren, appels en dadels, Mohammad zocht, moest Hij opschieten. Want Mohammad was net de veertig gepasseerd en was in de kracht van zijn leven.

De twijfel had zijn werk gedaan; hij had hem van binnen opgevreten. Mohammad zag er mager en bleek uit en verloor zijn eetlust. Hij was geen profeet, geen uitverkorene, anders hadden de vooraanstaande bewoners van boven hem allang opgemerkt. Hij zat zo vol goede bedoelingen om Mekka te veranderen, maar het was allemaal vergeefs. De kracht die hij had om de mensen op het juiste pad te krijgen, vloeide weg.

De Schepper wees Mohammad af. Hij was waarschijnlijk niet goed genoeg voor zo'n opdracht. Hij miste de juiste eigenschappen waarover oude profeten als Ibrahim, Dawoed, Mozes en Jezus wel beschikten.

Wie was Mohammad? Een weeskind dat niemand wilde hebben. Een analfabeet die in het huis van zijn vrouw woonde.

Mohammad was niemand, een verlorene die het bedrijf van zijn vrouw naar de rand van de afgrond had gebracht.

Ik herinner me nog de laatste ruzie tussen Mohammad en Ghadidje, die hun leven voorgoed veranderde.

'Mohammad, dit is geen leven voor jou, ook niet voor

mij. Hoelang wil je nog in die grot blijven? Tot je baard grijs is en tot aan je knieën reikt?'

Hij zei niets, hij keek naar de grond.

'Wachten? Hoelang wil je nog wachten? Je hebt vier dochters. Als je zo doorgaat, komt niemand om hun hand vragen. Wie is hun vader? Een dwaas in de bergen?'

Hij zei niets, pakte zijn jas, holde naar buiten en zocht zijn toevlucht weer in de bergen.

Ik, Zeeëd, heb niemand kunnen vinden die weet wat er die nacht op de berg Hera gebeurd is.

Ik ben een kroniekschrijver, daarom moet ik niet mijn fantasie gebruiken, maar me aan de feiten houden.

De grote dichter Zinol Abedin Rahnama heeft die nacht in een lang, meesterlijk gedicht beschreven. Ik neem zijn woorden over:

'Het was een maandagnacht in de maand Ahoed, de zeventiende nacht. De maan scheen helder en zacht en daardoor was er rust. Er woei een lichte bries. Sommige bergen hadden een schaduwkleur gekregen, andere de geelbruine kleur van een kamelenvacht. De berg Hera zag er groter en hoger uit. Het was alsof hij tussen de sterren stond en alle stenen de oren spitsten om elk geluid te kunnen waarnemen. Hoog op de berg bewoog een mens; Mohammad die in het maanlicht naar de top klom. En hoe hoger hij kwam, hoe indrukwekkender de stilte werd. Op de top keek hij om naar Mekka, dat als een zwart gat in de verte lag. Mekka, waar misdaden aan de orde van de dag waren, waar het gehuil klonk van pasgeboren meisjes die werden gedood, en het gehijg van slaven die in het donker doorwerkten. Hij onderscheidde nu de grote fakkels die voor de Kaabé brandden. O, wat jammer dat hij niets mocht veranderen in die stad.

Hij keek naar de andere kant van de bergen, naar de rustende kuddes, naar de slapende herders, naar de vuren die nog zachtjes gloeiden. Verder was er geen beweging te bespeuren. Hij bleef staan. Je kon het kloppen van zijn hart horen. Ook zijn korte ademhalingen. Plots verscheen er een licht als een verre ster. Het werd groter en kwam dichterbij. Het werd breder, bedekte de hemel en daalde. Het omvatte de bergen en omhulde nu ook Mohammad. Hij schrok als een bange duif. Hij trilde van spanning. Het koude zweet brak hem uit en het licht nam bezit van hem. Hij dacht dat de dood hem naderde, want in zijn hoofd begon iets te draaien en in zijn oren hoorde hij iets lispelen. Een stem zei: "Mohammad! Mohammad! Mohammad! Mohammad!"

"Wie spreekt hier?" mompelde Mohammad.

"De engel Ghabriël", zei de stem.

"Ghabriël?" zei Mohammad onzeker.

"De engel Ghabriël", herhaalde de stem.

Een hand kwam uit het midden van het licht en hield Mohammad een geschrift voor: "Eqra Mohammad! Lees het voor, Mohammad!"

"Ik kan het niet", zei Mohammad aarzelend.

"Eqra Mohammad! Eqra!" benadrukte de stem.

"Ik kan het niet", herhaalde Mohammad.

De engel pakte hem bij zijn schouders, schudde hem

door elkaar en zei: "Eqra Mohammad!"

Met onvaste stem begon Mohammad te lezen:

"Eqra besme rabokal lazi …
Lees voor in de naam van Allah, de Schepper.
Geschapen heeft Hij de mens uit een gesloten druppel bloed.
Lees voor! Jouw God is de dierbaarste.
Hij die de mens met de pen onderwees.
Die hem leerde wat hij niet wist."

Zodra Mohammad het gelezen had, verdween de engel alsof hij er nooit was geweest. Machteloos keek Mohammad naar de lucht.

Daarna daalde hij struikelend de berg af.'

23 DE ENGEL IN DE KAMER

Het was diep in de nacht, bijna ochtend. In mijn slaap hoorde ik de buitendeur. Ik, die altijd op Mohammad wachtte, ik die altijd de eerste was die zijn voetstappen hoorde, ik die hem elke nacht als hij thuiskwam naar zijn slaapkamer begeleidde, ik wist meteen dat er iets anders was dan anders. De ketting van de deur maakte niet het geluid dat ik gewend was, de voetstappen van Mohammad klonken niet zoals gewoonlijk.

Er was iets wezenlijks gebeurd en ik mocht de eerste zijn die het voelde, die het wist. Onmiddellijk pakte ik een deken en rende naar de deur.

Ik zag Mohammad in het donker van de gang, hij struikelde. Ik legde de deken over zijn schouders.

Ghadidje verscheen op blote voeten.

'Wat is er, Mohammad?' zei ze en ze leidde hem naar hun slaapkamer.

Ik pakte een fakkel en keek naar Mohammads gezicht. Nu wist ik het zeker.

'Wat is er met je gebeurd, Mohammad?' vroeg Ghadidje bezorgd.

'Ik ... ik ... zij ... zij ... zij hebben mij gezocht.'

Verbijsterd liet Ghadidje de arm van Mohammad los. 'Wat zei je?'

'Zij ... hij ... hij had een geschrift bij zich.'

'Wie had een geschrift bij zich?'

'Ik moest het voorlezen. Ik las het voor ... Eqra besme rabokal lazi galaq.'

Huilend nam Ghadidje haar man mee naar hun kamer. 'Kom, mijn lief. Het komt allemaal goed.' zei ze.

Ook ik kon mijn tranen niet bedwingen.

Ghadidje huilde om de ontreddering van haar man, maar ik huilde van geluk.

En ik bleef met de fakkel in mijn hand op de veranda staan.

'Ga hier liggen, mijn arme man. Leg je hoofd op mijn schoot.' hoorde ik Ghadidje zeggen.

Ik wachtte tot het stil werd. Ik kon niet meer naar bed, straks zou het licht worden.

Ik liep naar de waterput en liet de emmer in de put zakken. Ik had vers water nodig.

Niemand kan me vertellen wat er die nacht verder gebeurd is.

Gelukkig is er geen getuige nodig, want Mohammad heeft het in de Koran, in de soera 'De Ommantelde', verteld.

Mohammad lag nog altijd met zijn hoofd in de schoot van Ghadidje en had zijn jas over zijn hoofd getrokken. Ghadidje vermoedde dat hij in slaap gevallen was. Maar Mohammad was wakker en hij dacht met gesloten ogen terug aan zijn ontmoeting met de engel Ghabriël.

Opeens hoorde hij opnieuw de stem van de engel: 'Ya ajjohal modasser! Ghom fanzer ...! Jij die je jas over je hoofd getrokken hebt, kom overeind. Leid de mensen tot Allah, de Ene!'

Geschrokken trok Mohammad de jas van zijn hoofd.
'Wat is er, Mohammad?' zei Ghadidje.
'De engel is in de kamer', zei hij bevend.
'Er is hier niemand; blijf liggen, mijn lief.'
'Ik ben toch niet gek geworden, ik hoor stemmen, ik hoor hem.'
'Je hebt rust nodig, Mohammad.'

Bij het eerste ochtendlicht trok Mohammad zijn jas aan en verliet het huis. En ik, Zeeëd, die juist naast de waterput stond, volgde hem op een afstandje. Op het plein van de Kaabé kwam hij zijn kameraden Aboebakar, Omar en Osman tegen.
'Wat is er, Mohammad? Heb je niet goed geslapen?' vroeg Aboebakar.
'La ilaha ella Allah,' zei Mohammad, 'er is tegen mij gesproken. Zie ik eruit als een dwaas? Denk je dat ik schimmen zie?'
Aboebakar pakte hem bij zijn arm: 'Je gaat met ons mee!'
Ik keerde terug om Ghadidje gerust te stellen: 'Aboebakar, Omar en Osman hebben hem meegenomen.'

24 ABOEBAKAR, OMAR EN OSMAN

Aboebakar was ouder dan Mohammad, ze kenden elkaar van de handel. Hij was een rijke handelaar die meer dan duizend kamelen had. Later volgde hij Mohammad op als de eerste kalief.

Omar was jonger dan Mohammad. Hij handelde in edelstenen en juwelen, vooral in diamanten en parels. Later volgde hij Aboebakar op en veroverde hij het Perzische en het Byzantijnse Rijk.

Osman was ook jonger dan Mohammad. Hij kwam uit een rijke familie die politiek actief was. Osman had een winkel in Mekka en verkocht Jameense zijde, Byzantijns satijn en kleurrijke Perzische gordijnen, gedecoreerd met verschillende zon- en leeuwenfiguren. Later volgde hij Omar op.

Iedereen mocht denken dat Mohammad gek was of gek aan het worden was, maar deze drie vrienden van Mohammad dachten daar anders over.

Ze kwamen vaak samen en discussieerden over religie, over Mekka en over de afgoden. Maar Mohammad verwijderde zich geleidelijk van hen. Na elke verre reis naar het buitenland debatteerde hij gewichtiger en sprak hij met meer overtuiging over de juistheid van zijn weg.

Aboebakar, Omar en Osman hadden hun twijfels of hij met zijn Allah iets teweeg zou kunnen brengen in Mekka. Hij was niet de eerste die dat probeerde.

De mensen in Mekka waren gewend dat er af en toe een gek, een dichter, een halvegare filosoof op straat verkondigde: 'Ik ben een profeet. Ik kom jullie naar de goede weg leiden.' Maar ze zagen nu in dat Mohammad onstuitbaar als een grote steen van de berg naar beneden zou rollen; hij zou of zichzelf kapotmaken, of de afgoden.

Ik was nieuwsgierig naar wat Aboebakar, Omar en Osman op die morgen tegen Mohammad gezegd hadden.

Eigenlijk zou een van hen antwoord op mijn vraag moeten geven, maar dat zal niet gebeuren. Ze hebben Mohammad onaantastbaar gemaakt. Ze hebben hem eigenschappen toegedicht die hij niet had.

Daarom zal ik het deel van Mohammads leven dat alleen bij Aboebakar, Omar en Osman bekend is, helaas nooit kunnen achterhalen.

25 ALI, DE NEEF VAN MOHAMMAD

Ali was de jongste zoon van oom Taleb, de man die Mohammad geadopteerd had. Ali was dus eigenlijk de jongere broer van Mohammad.

Hij werd later de vierde kalief, de opvolger van Mohammad.

Ik was met hem bevriend en kon goed met hem praten.

In de moskee waar Ali het gebed leidde, nam ik achter hem plaats. Toen het gebed afgelopen was, kuste ik hem op zijn schouder.

'Wat brengt Zeeëd naar ons?' vroeg hij glimlachend.

Ali wist dat ik bezig was het leven van Mohammad op te tekenen en hij had ook al eens gezegd dat ik altijd welkom was als ik vragen had. Daarom zei ik: 'Ik heb een vraag waarop slechts een persoon antwoord kan geven.'

'Wat is je vraag, Zeeëd?'

'Ali, je kent Aboebakar, Omar en Osman net zo goed als je eigen handen. Wat kunnen ze tegen Mohammad gezegd hebben toen ze hem in verwarring op straat tegenkwamen?'

De gelovigen hadden de moskee verlaten en we waren met z'n tweeën achtergebleven. De beheerder bracht ons thee en dadels.

'Ik heb hen vaak horen vertellen over die ochtend,'

zei Ali, 'het is een dierbare herinnering geworden. Het ging zo. Eerst denken ze dat Mohammad slaande ruzie met Ghadidje heeft gehad en dat hij haar huis voorgoed verlaten heeft. Maar Mohammad verrast hen met woorden:

> "Eqra besme rabokal lazi ...
> Bij Allah
> Die de mens uit een gesloten druppel bloed heeft gemaakt."

Zodra ze dit van hem horen, pakken ze hem bij zijn arm en nemen hem mee naar Aboebakars huis. Ze maken een stevig ontbijt voor hem: melk, gebakken eieren, kaas en honing. Pas als hij een beetje bijgekomen is, zegt Aboebakar tegen hem: "Vertel, Mohammad."

"Ze hebben met mij contact gezocht", antwoordt Mohammad en hij verdwaalt in zijn gedachten. Op aansporing van Aboebakar vertelt Mohammad de rest van zijn verhaal.

Na een lange stilte zegt Omar: "Je bent aan je taak begonnen, Mohammad."

Waarna Aboebakar zegt: "Je bent niet gek, Mohammad, maar als je nu stopt, word je gek. Je moet tot het bittere einde doorgaan. Ik sta naast je."

"Ik ook," valt Omar hem bij, "maar er is een probleem. Nu ben je een profeet en wij zijn niemand. Je hebt ons eigenlijk buitenspel gezet, zo kunnen wij jou niet helpen."

"Voorlopig niet," vult Osman aan, "maar we blijven

op de achtergrond en we zullen zien hoe het loopt. Ik wens je het beste, Mohammad."

"Gezegend zij je tocht," sluit Aboebakar af, "we steunen je. In verdriet en vreugde!"

Omar kust Mohammad op zijn rechterschouder.

Osman kust Mohammad op zijn linkerschouder.

Aboebakar kust Mohammad op zijn voorhoofd.

En ze komen overeind.'

26 MOHAMMAD, DE BOODSCHAPPER

Een jaar lang spande Mohammad zich in om de mensen ervan te overtuigen dat hij de boodschapper van Allah was.

En ik volgde hem overal.

Eerst ging hij langs bij de mensen die hij kende.

Ik bleef dan op afstand. Wat hij tegen die mensen zei, hoorde ik niet, maar ik zag dat hij met zijn hand naar de hemel en naar de Kaabé wees.

Ik wist wanneer hij over de oude profeten praatte. Aan de bewegingen van zijn handen zag ik dat hij over de buurlanden sprak, die geen afgoden prezen.

Ik wist dat hij daarna over de berg Hera zou vertellen, over de engel die hij ontmoet had.

Deze mensen ontvingen Mohammad met respect. Ze kenden hem, maar niemand luisterde.

Een jaar lang ging hij van het ene kantoor naar het andere om met zijn voormalige collega's te praten, maar aan het eind van dat jaar was er nog steeds niemand die hem geloofde.

'Allah? Welke Allah? Waar praat je over, Mohammad?' Ze lachten hem uit. Ze hadden vaker van die zelfbenoemde profeten voorbij zien komen.

'Mohammad, van iedereen hadden we het verwacht,' zeiden ze, 'maar niet van jou. Je bent een fatsoenlijke man, de echtgenoot van Ghadidje. Je leidt zo'n grote zaak. Hoe komt het dat je opeens als een gek van de een naar de ander loopt om de mensen te waarschuwen? Jij, een boodschapper? Hoe kom je erbij?'

Namim bin Nasir, een handelaar in zout, peper en specerijen, vertelde me het volgende: 'Zodra Mohammad op de bazaar verscheen, verstopten de handelaren zich in de berging achter hun winkel, want als hij hen zag, kwam hij binnen en begon met zijn betoog over Allah en over de regen, de appel, de dadels, de zaadjes en dan wilde hij niet meer ophouden.'

Deze Namim herinnerde zich nog een gesprek met Aboe Djahl, de chef van de ordehandhaving van Mekka: 'Aboe Djahl kwam mijn winkel binnen en zei: "Net trof ik Mohammad op straat. Of beter gezegd hield hij me tegen en waste me de oren. Hij zei tegen me: 'Aboe Djahl. Als je me volgt, word je de krijgsheer van het leger van Allah.'

Ik maakte een grapje en zei: 'En wat als ik sneuvel?'

Mohammad zei: 'En als je in een van je gevechten doodgaat, kom je in het paradijs terecht waar maagden in groene jurken, met gouden armbanden en met een beker wijn in hun handen op de rustbanken in de schaduw van de bomen op je wachten.'"

Aboe Djahl lachte hardop en zei: "Mohammads baard is grijs geworden en zijn bedrijf is bankroet. Nu probeert hij maagden te slijten."'

27 HET TWEEDE JAAR VAN MOHAMMADS MISSIE

Mohammad was steeds vaker op een hoek van het plein van de Kaabé te vinden, waar hij wachtte tot er iemand voorbijkwam. Iemand die hij kende, of iemand van wie hij vermoedde dat hij met hem een gesprek zou kunnen voeren.

Hij liep op diegene af en wandelde met hem mee. Ik volgde hen.

Ik was al blij als hun gesprek wat langer duurde, maar zulke gesprekken leverden meestal niets op.

Als de mensen verder niet van hem gediend waren, gaf hij hun een hand, bedankte hen voor hun tijd en liet hen gaan.

'Steen,' zei Mohammad dan tegen mij, 'ze zijn mensen van steen, net als hun afgoden. Ze horen niets. Hun ogen, hun oren, hun mond zijn versteend. Ze geven geen krimp als ik met hen praat.'

Sommigen vroegen hem om bewijzen.

'Mohammad, we kennen je als een oprechte man, maar bewijs ons dat je echt een profeet bent. Toon ons een bevestiging van jouw Allah, al is het maar een verzegeld briefje. Het moet toch heel simpel zijn voor een Schepper die het hele heelal heeft gecreëerd om je een briefje mee te geven?

De oude profeten kwamen allemaal met een wonder.

Mozes gooide zijn wandelstok op de grond en die bewoog als een slang. Jezus wekte de doden tot leven. En jij, Mohammad? Wat heb jij? Waar is jouw wonder?'

Mohammad had geen wonder en zolang hij geen wonder had, kon hij zijn Allah niet aan die handelaren verkopen.

Er zat ook wel iets van waarheid in wat ze zeiden. Hij deed alles voor Allah, maar Allah deed niets voor Mohammad.

's Avonds kwam hij doodop thuis.

Misschien merkte niemand het, maar ik zag dat zijn haar met de dag grijzer werd. Ik zag dat de groeven in zijn gezicht elke dag dieper werden.

Met Ghadidje praatte hij niet meer over zijn missie. Meer dan 'Vandaag weer niemand die zich wil aansluiten', kon hij niet zeggen.

Ik bewonderde Ghadidje om haar geduld. Ze maakte ruzie met hem, maar haar boosheid was van korte duur. Ze bleef niet hangen in verwijten. Ze zorgde goed voor hem, ze nam elke avond de tijd om de blaren onder zijn voeten te behandelen.

'Je moet ijzeren schoenen nemen, Mohammad', merkte ze op.

Op de achtergrond stelden Aboebakar, Omar en Osman alles in het werk om aanhangers voor Mohammad te vinden.

Eerst regelden ze persoonlijke ontmoetingen tussen

Mohammad en hun vrienden, maar geen van die ontmoetingen leverde iets op.

Later organiseerden ze bijeenkomsten in Aboebakars huis.

Ze gaven dan een feest met eten, wijn, fruit en lekkernijen. Daarna vroegen ze Mohammad om een toespraak te houden. De gasten stelden vragen en ze raakten in een verhitte discussie zoals je die in een Arabische woestijnnacht kunt voeren. Laat in de nacht vertrokken ze dronken naar huis en de volgende dag wilden ze niets meer van Mohammad en zijn boodschap weten.

Toch wisten Aboebakar en Omar twee mannen voor Mohammad te winnen. De ene heette Zobeir, de slager van Aboebakar. De ander heette Saad, een kleine handelaar in parels, een zakenvriend van Omar.

Twee jaar waren voorbijgegaan met als resultaat de steun van een slager en een parelverkoper. Zo kon het niet verder.

28 HIJ KAN NIET MEER

Er was iets vreemds aan de hand. Allah had maar een keer contact gezocht met Mohammad.

Allah had opdracht gegeven om de mensen naar Hem te leiden, maar Hijzelf wilde geen hand uitsteken.

Zag Hij soms niet hoe Mohammad onder druk stond?

Had Hij niet in de gaten hoe de mensen hem beledigden? En hoe hij alles voor Hem op het spel zette?

Zag Allah niet hoe Mohammad zijn kinderen, zijn familie, zijn vrouw, zijn vrienden en zijn stam voor Hem in verlegenheid had gebracht door als een onnozele overal te vertellen dat Allah de Schepper van het licht was en de Maker van de mug?

Was hij wel op de goede weg?

Mohammad begon te twijfelen.

Had Allah hem wel echt benaderd?

Had de engel Ghabriël werkelijk dat papiertje voor Mohammads ogen gehouden?

Was het geen dagdroom? Geen hersenschim?

En nog erger, als het geen visioen was, waarom had Allah hem dan geen bewijs meegegeven, en waarom mocht hij geen wonderen verrichten?

Hoe kun je iemand tot boodschapper benoemen zonder hem een enkel bewijs in handen te geven?

Er verstreken dagen, weken en maanden zonder teken van boven.

Mohammad bezweek onder de druk van zijn twijfels.

Hij verliet de stad en klom weer de bergen in. Voor de grot wachtte hij op een nieuw teken. Maar er kwam geen teken.

Het was dus waar, hij had zich vergist, hij had het zich verbeeld. De Schepper had hem nooit benaderd. Allah had Mohammad niet nodig.

Diep teleurgesteld ging hij die nacht in de grot liggen. Hij vlijde zijn hoofd op een steen, vouwde zijn knieën tegen zijn buik en huilde.

Opeens hoorde hij voetstappen en daarna een stem: 'Mohammad!'

Het was de engel Ghabriël:

'In de naam van Allah
Bij het morgenlicht
En bij de nacht wanneer hij uitrust.
Je Schepper heeft je niet verlaten
Ook niet afgestoten.
Hij zal jou zeker geven en dan ben je welvoldaan.
Heeft Hij jou niet gevonden als wees
En je onderdak verschaft?
Heeft Hij jou niet dwalend gevonden en jou de weg gewezen?
Jou behoeftig gevonden en rijk gemaakt?
Kom, Mohammad. Kom dan overeind.'

Niemand kon Mohammad nu meer klein krijgen. Hij verliet de grot en daalde af om nooit meer te stoppen.

'Ik heb geen bewijs nodig', riep hij hard door de nacht.

'Ik ben het bewijs.'

29 MOHAMMAD HERVINDT ZIJN KRACHT

Mohammad stroomde over van kracht toen hij thuiskwam.

Ik pakte de fakkel om naar zijn gezicht te kijken. Het was duidelijk dat hij weer met de hemel gesproken had.

'Maak het bad klaar voor Mohammad', riep ik naar de bediende.

Mohammad ging de kamer van Ghadidje binnen, maar zo onstuimig dat Ghadidje ervan schrok.

'Wat is er gebeurd, Mohammad?' riep ze.

'Hij ... daarboven ... de engel ... ik ... ik kreeg een nieuwe tekst', zei hij. Zijn handen trilden.

'Wat voor tekst?'

'Bij de nacht wanneer hij uitrust
Bij het morgenlicht
Je Schepper heeft je niet verlaten.'

Ghadidje richtte zich op, hield hem bij zijn arm: 'Rustig, Mohammad. Vertel me wat er precies gebeurd is.'

De volgende dag begon de oneindige reis van Mohammad. En hij nam ons allemaal mee, zijn dochters, zijn vrouw, ons huis, mij, zijn oom, zijn stam, alle vrouwen, alle joden, alle slaven en alle kamelen en alle afgoden.

Zijn vriendelijke aanpak had niet gewerkt. Hij besloot een kruk op straat te zetten om vanaf daar de mensen waarschuwend toe te spreken. Hij had geen keus.

Ibrahim ebne Sogde Zahari vertelde me over een van de eerste openbare optredens van Mohammad.

'Het moment heb ik niet zelf meegemaakt,' zei Ibrahim ebne Sogde Zahari, 'maar ik heb het met mijn eigen oren van Jahja abi Ashat gehoord, en Jahja abi Ashat heeft het met zijn eigen oren van Ismaiel ebne Ejjas gehoord en Ismaiel ebne Ejjas heeft het met zijn eigen oren van zijn vader Ejjas ebne Kasim gehoord, die het persoonlijk meegemaakt heeft. Dus ik citeer Ejjas ebne Kasim:

"Ik handelde toen in kruiden, laadde al mijn bagage op één kameel en ging te voet van het ene naar het andere dorp. Op weg naar Mekka bezocht ik Taleb. Hij was net als ik een kleine handelaar, maar hij had drie kamelen. Taleb was de oom van Mohammad.

Ik zweer bij Allah dat ik daar met Taleb stond te praten toen er opeens een man van een jaar of veertig uit een tent naar buiten kwam. Hij keek naar de zon die in de woestijn onderging. Met water uit een emmer waste hij zijn gezicht, toen zijn handen tot aan zijn ellebogen en toen zijn voeten tot aan zijn enkels. Hij richtte zich tot de zon en liet zijn handen op zijn buik rusten. De man mompelde iets, daarna boog hij voorover, knielde en legde zijn hoofd op de grond terwijl hij iets neuriede.

Verbaasd keek ik naar Taleb en vroeg: 'Wie is hij?'

'Mijn neef, Mohammad.'

‘Wat doet hij?’

‘Hij denkt dat hij een boodschapper is. Hij wil het Perzische Rijk veroveren en het goud van de koningen hiernaartoe brengen.”’

Het verhaal van Ibrahim ebne Sogde Zahari ging over een van de eerste gebeden van Mohammad. Het was nog geen voltooid gebed. Mohammad was ermee bezig, omdat hij nog niet wist hoe het afgerond moest worden.

Thuis trof ik Mohammad een paar keer in een vreemde houding aan op zijn kamer. Hij zat op zijn handen en knieën met zijn voorhoofd op de grond terwijl hij neuriede.

Later deed hij hetzelfde op de veranda.

Ghadidje keek me aan.

‘Hij bidt’, zei ik.

In die tijd werden hem achter elkaar meerdere teksten geopenbaard. Het waren krachtige vertellingen. Ze hadden iets van een gedicht en smaakten soms naar jonge dadels en soms naar tarwe:

‘Bij vijgen en olijven.
Bij de berg Sinaï.
En bij Mekka, de stad van de vrede.
De mens hebben Wij in de mooiste verschijning gecreëerd.’

Op een avond toen we bij Aboebakar waren en Omar en Osman ook aanwezig waren, zei Mohammad:

'Mij is een nieuwe soera geopenbaard.'

Telkens als hij hun dat vertelde, gingen ze nieuwsgierig rechtop zitten.

'Zeg hem op', zei Aboebakar.

Mohammad zei:

'In de naam van Allah
Alle lof voor Hem, de Maker van de werelden.
De Koning van het leven na de dood.
We bidden tot U en we vragen alleen Uw hulp.
Leid ons op het juiste pad.
Naar de weg van degenen aan wie Gij genade schonk, niet naar de weg van hen die Gij niet mag, noch naar die van de dwalenden.'

Toen hij klaar was, reageerde niemand. Met gebogen hoofd dachten ze na.

'Dit is geen gewone soera,' zei Mohammad, 'maar een gebed. Ik heb opdracht gekregen om het in het openbaar te praktiseren.'

'Wat bedoel je met praktiseren?' zei Aboebakar.

'Mensen bidden tot de afgoden in de Kaabé. Ik bid tot Allah. Morgen is het vrijdag. Tegen de avond is het druk op het plein van de Kaabé. Ik ga daar bidden.'

'Waar op het plein?' zei Aboebakar.

'Gewoon op de grond.'

'Hoe dan?' vroeg Omar.

'Iedereen richt zich tot de Kaabé. Dat doe ik niet. Ik zal me tot de zon richten', zei Mohammad.

De volgende dag voelde ik me de hele dag onrustig.

Mohammad zei niets. Hij had Aboebakar, Omar en Osman voor een zware keus gesteld.

Zouden zij komen voor het gebed?

Als ze het deden, zetten ze hun leven op het spel en moesten ze tot het einde met Mohammad mee. Maar als ze het niet deden, zou de vraag rijzen of ze Mohammad wel echt steunden.

Tegen de avond, toen de zon onderging, stonden Mohammad en ik samen op het plein van de Kaabé en mijn hart klopte in mijn oren. Zouden ze komen?

Het was druk op het plein en iedereen ging voor het gebed de Kaabé binnen. Ik hield alles in het oog. Ik hoopte dat ze Mohammad op zo'n beslissend moment niet alleen zouden laten.

De bewakers staken de grote fakkels van het plein aan.

In het licht van de fakkels zag ik Aboebakar op ons afkomen. Ik trilde van vreugde. O, grote God van Mohammad. En toen verschenen ook Omar, Osman, slager Zobeir en parelverkoper Saad.

'Mohammad, ze komen. Ze zijn met z'n vijven', fluisterde ik.

Ze omhelsden Mohammad, een voor een. En ik voelde dat er iets groots ging gebeuren dat niemand meer kon tegenhouden.

'We beginnen', zei Mohammad.

Hij keerde zijn rug naar de Kaabé, en zijn gezicht wendde hij naar de ondergaande zon.

Aboebakar nam achter hem plaats.

Omar ging aan de rechterkant van Aboebakar staan.

Osman ging aan de linkerkant van Aboebakar staan.

Op hun beurt namen Zobeir en Saad achter hen plaats.

Ik ging helemaal achteraan staan.

'In de naam van Allah', zei Mohammad luid en hij zei de soera. Wij herhaalden heel rustig zijn woorden. Iedereen keek naar ons.

'Wat doen die lui?'

'Dat is Mohammad, daar vooraan', zei iemand.

'Ik zie Aboebakar', zei een ander.

'En de slager.'

'De parelverkoper.'

'Waarom buigen ze zich voorover?'

'Waarom drukken ze hun voorhoofd op de grond?'

'Wat neuriën ze?'

Tot diep in de nacht praatte iedereen over Mohammad.

Mekka kon even niet slapen.

30 DE MENSEN BESPOTTEN MOHAMMAD

Elke dag pakte ik de kruk en ging ik met Mohammad de straat op.

Ik zette de kruk op het plein als de mensen voor het gebed de Kaabé binnen wilden gaan.

Eerst stapte ik op de kruk en ik riep: 'Mensen! Mohammad, de boodschapper van Allah, spreekt.'

Mohammad ging er vervolgens op staan en riep: 'Jullie, bewoners van Mekka. Vraag de afgoden niet om hulp. Ze horen jullie niet. Het zijn beelden van hout en steen.'

De mensen werden boos. 'Jij, Mohammad. Je eigen grootvader en de vader van je grootvader en de vader van de vader van je grootvader waren de sleutelhouders van de Kaabé. Je mag onze goden niet beledigen. Zo beledig je je eigen doden.'

'De afgoden kunnen zich niet beledigd voelen. Ze zijn doof. Ze zijn blind en stom', antwoordde Mohammad.

Ik verplaatste de kruk naar een drukke plek op het marktplein en riep: 'Mensen, de boodschapper van Allah waarschuwt jullie.'

Maar voordat Mohammad kon beginnen, spraken ze hem op harde toon aan: 'Mohammad, met je Allah veroorzaak je grote onrust onder de bevolking van Mekka.

Laat een teken van die Allah zien als je de waarheid spreekt.'

'Neem een olijf,' zei Mohammad, 'je kunt hem zowel eten als persen en zijn olie gebruiken om je lantaarn te laten branden. De heldere olie in de olijf is een teken.

Neem de kameel waarop je rijdt. Ook hij is een teken.'

Mensen riepen door elkaar: 'Wat zegt hij allemaal? Olijven en kamelen? Hij goochelt met woorden. Onzin. Als hij de waarheid spreekt, waarom stuurt Allah dan geen engel uit de hemel om hem te begeleiden? Hij is geen boodschapper, hij is een mens net als wij, hij eet, hij slaapt en hij wast zich net als iedereen in de rivier.'

Ik zette de kruk op het plein waar de mensen kamelen verhandelden en riep: 'Mensen, er is een nieuwe soera aan de boodschapper geopenbaard.'

En Mohammad begon:

'Hebben Wij niet de aarde als een wieg gemaakt?
En de bergen als grote pinnen?
Wij hebben jullie in paren geschapen.
Wij hebben de slaap voor jullie rust bestemd.
Wij hebben de nacht als een kledingstuk voor jullie gemaakt.
Wij hebben de dag gemaakt zodat jullie op zoek kunnen gaan naar brood.'

‘Wat moeten we met die wieg en die grote pinnen?’ zei een kameelverkoper.

‘Het is hem geopenbaard’, zei een ander.

‘Allemaal gezwam. Allemaal verzinsels.’

Elke vrijdagochtend zette ik de kruk naast de weg waarlangs de mannen hun offers naar de grote afgod Ozzat brachten.

Mohammad riep: ‘Mannen. Jullie mogen je niet schamen voor jullie dochters.

Jullie mogen je pasgeboren dochtertjes niet offeren aan Ozzat.

Allah heeft het verboden.’

Nadat de mannen hun offers gebracht hadden, ruzieden ze met hem: ‘Mohammad, je gaat te ver. Het is beter voor je als we je hier niet meer terugzien.’

Ik zette de kruk op de paardenmarkt en riep: ‘De boodschapper van Allah is hier.’

De mensen kwamen om Mohammad heen staan. ‘Mohammad, ik begrijp niet waarom die Allah juist jou als zijn boodschapper gekozen heeft. Jij, die nauwelijks kon lezen en schrijven’, zei een paardenverkoper.

‘Ik weet het ook niet,’ zei Mohammad, ‘Allah weet het. Hij weet alles.’

‘Mohammad, je zegt dat Allah alles weet en alles kan. Vraag hem of hij een paar gouden munten voor mijn voeten op de grond laat vallen’, zei een andere paardenhandelaar.

‘Mensen, ik kan geen wonderen verrichten,’ zei Mohammad, 'ik ben alleen een boodschapper.'

'Hij weet niets, hij kan niets,' concludeerden de mensen en ze lieten Mohammad alleen achter.

Toen de mensen merkten dat Mohammad maar bleef waarschuwen, terwijl niemand serieus nam wat hij zei, begonnen ze hem te bespotten. Ze beledigden hem. Ze stopten hun vingers in hun oren en trokken voor de grap hun jassen over hun hoofd. En als Mohammad Allah riep, riepen zij hardop de namen van de afgoden: Wad, Sova, Jagos, Lat, Nasr, Assaf, Ozzat.

Ze duwden elkaar totdat iemand tegen Mohammad botste en hij van de kruk af viel. Maar Mohammad nam geduldig weer plaats op de kruk en riep: 'Ik vraag jullie niets. Ik zeg het niet voor mezelf. Ik heb alleen de opdracht om jullie naar het goede pad te leiden.'

'Maar Mohammad, waar gaat dat pad naartoe?' riep een man lacherig.

'Hij wil ons mee naar het paradijs nemen, naar de lekkere wijven!' brulde een ander.

Op een avond toen Mohammad weer op de kruk stond, werd er een steen gegooid. De steen raakte Mohammads hoofd en viel voor mijn voeten op de grond.

31 AASHA, DE DICHTER VAN MEKKA

De meeste mensen mochten Mohammad dan bespotten, er waren ook anderen die zwijgend luisterden naar wat hij zei. Aasha, de grote dichter van Mekka, was een van hen.

Toen ik jong was, zag ik hem eens als een koning op een bruine Arabische volbloed door de straten van Mekka rijden. Hij droeg een mantel van gazellenhuid versierd met juweeltjes. Hij schreef magische gedichten over de nachten in de woestijn, over de slangen en over de vrouwen. En hij dichtte over wijn en over kamelen die als boten door golven van zand voortbewogen.

Wie ooit een optreden van hem had meegemaakt, vergat hem nooit. Zijn poëzie werd met ossenbloed in grote letters op perkament gezet en aan de wand van de Kaabé opgehangen.

In zijn jonge jaren was Mohammad een van zijn grote bewonderaars geweest. Waar Aasha zijn gedichten voordroeg, stond Mohammad vooraan. En hij kende veel gedichten van Aasha uit zijn hoofd.

Ik dacht aanvankelijk dat Aasha dood was, maar ik vond hem in een oud kasteel buiten de stad. Zijn paard was allang gestorven. En zijn koninklijke gewaad zou hem niet meer passen, want hij was klein geworden en liep gebogen, steunend op een wandelstok met een gouden kop.

Misschien herinnerde niemand zich zijn gedichten

meer. Maar ik wel. En ik groette hem in zijn tuin in de zon.

'Assalamo eleikom Aasha, de dichter', riep ik en ik boog mijn hoofd.

Hij hield zijn hand boven zijn ogen en keek me aan.

Ik zei een van zijn gedichten op:

'Enne lana gire sahat badama sabzat
Wa ashra warnat makanat trasshisha …
Druiven worden zwart
nadat ze groen zijn gekleurd
En ze worden zoet nadat ze zuur waren.
Maar de vrouwen uit de woestijn
blijven altijd bruin,
zoet bruin!'

Hij straalde van geluk.

'Wie ben jij, die mij zo gelukkig maakt?' zei hij.

'Zeeëd. Uw bewonderaar. De katieb van de boodschapper.'

'Welke boodschapper?'

'Mohammad, de boodschapper.'

'O, Mohammad', zei hij hoofdschuddend.

Met zijn wandelstok gebaarde hij naar zijn bedienden. Een slaaf verscheen en plaatste twee stoelen in de schaduw van de hoge bomen en een slavin bracht een kom water met rietsuiker en rozenblaadjes.

'Neem plaats', zei hij en hij wees met zijn wandelstok naar een van de stoelen.

Ik ging zitten, maar zelf bleef hij staan.

'Vertel', zei hij.

'Ik ben bezig om het leven van Mohammad op papier te zetten. Het zou mij een eer zijn om ook de visie van mijn meester Aasha in mijn boek te mogen noteren.'

De grootdichter Aasha nam de tijd: 'Die Mohammad van jou leek een van de vele valse profeten van Mekka. Iedereen zag hem als een achtenswaardig man die opeens was doorgedraaid. Maar hij was anders, hij wist wat hij wilde en hij had een onbegrensde fantasie en een ongewone portie doorzettingsvermogen. Hij had een plan, maar zijn plan klopte niet. Hij wilde een ommekeer van boven. Hij trachtte de grote handelaren achter zich te scharen om de afgoden van de Kaabé op te ruimen. Dat was een misrekening. Zijn plan stond op zijn kop. Als je de afgoden kwijt wilt, moet je niet de handelaren om hulp vragen. Dan moet je niet bij de machtige slavenhouders om hulp bedelen.

Mohammad was slim en ontdekte de fout in zijn plan. Hij veranderde zijn aanpak en richtte zich tot de slaven en de vrouwen. Die radicale wending was een briljante zet. Want in onze geschiedenis had nog nooit iemand op de vrouwen gerekend. Opeens toverde hij een machtig leger uit zijn mouw. Hij vond een leger van slaven, armen en vrouwen en noemde het: het leger van Allah.

Dat was buitengewoon slim.

Iedereen viel hem lastig en zei: "Hé profeet! Waar is je wonder?"

Lange tijd had hij daarop niets anders te zeggen dan een bescheiden: "Vergeef me. Allah heeft me geen wonder meegegeven."

En dat was zijn zwakke punt, eigenlijk zijn zwakste punt. Toen heb ik Mohammad een handje geholpen. Dat weet niemand. Ik ging vaak heimelijk naar hem luisteren als hij de mensen waarschuwde. Ik zag dat hij met zijn rug tegen de muur stond omdat hij geen wonder kon laten zien. Op een nacht stuurde ik mijn knecht naar hem toe. Ik had hem gevraagd om de volgende boodschap in Mohammads oor te fluisteren: "Mohammad, jouw soera's zijn jouw wonder."'

Ik, Zeeëd, kreeg tranen in mijn ogen toen Aasha me dit vertelde.

'Mohammad snapte mijn boodschap,' zei Aasha, 'de volgende dag kwam hij onverwachts met een gewaagd antwoord.

"Mohammad, waar is je wonder?"

"Hier. Mijn vertellingen. De Koran is een wonder!" riep hij vol overtuiging.

Wat een sluwe boodschapper was die Mohammad. Waar had hij het over? Hij had geen Boek. Er was nog geen sprake van een Boek. Hij ratelde maar iets, maar hij ratelde goed. Hij zei wat in hem op kwam en zonder zich te bekommeren over de samenhang. Maar zijn losse verzinsels waren verfrissende poëzie.

Mohammad ging zelfs verder en zei: "Niemand is in staat om met een beter Boek te komen dan de Koran. Want wat ik vertel is niet van mij, maar van Allah. En alles wat ik vertel staat in het Boek in den Beginne."

Ik moest hardop lachen. Welk Boek in den Beginne?

Hij bedoelde dat alles wat hij vertelde uit het geheugen van Allah kwam. Op die manier gaf hij een goddelijke allure aan zijn woorden.

Maar alleen ik, Aasha, de oude dichter van Mekka, wist dat Mohammad daadwerkelijk met een wonderboek bezig was. Zijn taal was nieuw, zijn proza schokkend fris. Hij pleegde plagiaat, stal de antieke verhalen van andere volkeren en stopte ze in een mooi Arabisch jasje. En maakte er zo een eigen tekst van.

De teksten van Mohammad zijn niet voor hen die vluchtig lezen. Als je geen verstand van de Arabische taal hebt, komen ze heel wanordelijk over.

Zijn vertellingen zijn goed voor twee soorten mensen: voor analfabeten en voor geleerden. Je moet zijn woorden blijven herhalen tot ze je als oude wijn naar het hoofd stijgen.

Ik weet niet hoe men over honderd jaar over Mohammads vertellingen zal denken, maar heden benijd ik Mohammad om zijn proza. De Koran is het wonder van onze tijd.

Als ik een van zijn soera's in mijn handen heb, doet die me denken aan een wilde zwaan die ik met beide armen tegen mijn borst gedrukt moet houden.'

32 ALLAH, ISLAM, KORAN

Aasha was even in gedachten verzonken. Misschien probeerde hij zich de omarming van de grote wilde zwaan voor te stellen. Toen keerde hij zich weer naar mij.

'Ik benijdde Mohammad stiekem,' zei Aasha, 'ik verdedigde hem niet, maar ik sprak hem ook niet tegen. Ik zweeg, ik luisterde. Een groot deel van wat Mohammad zei, leek me onzin, maar zijn onzin vertelde hij in een nieuwe Arabische taal. Ik begrijp nog altijd niet hoe hij met die onbegrijpelijke teksten zo veel heeft kunnen bereiken.

Uit het niets riep hij dan opeens: "Allaho Akbar, Allah is groot!"

Wie is Allah? En hoe weet jij dat Hij groot is?

Allah was een nieuw begrip en Zijn grootheid was niet vast te stellen.

Hij zei: "La ilaha ella Allah: Er is maar Eén en dat is Allah." Die zinsbouw was nieuw. 'Lah' in Allah betekent nee, of niet meer. Allah is dus Eén en niet meer.

Mohammad zei: "Salam eleikom! Mijn salam voor jou."

Niemand had eerder salam als groet gebruikt: "Salam eleikom!"

Als je voor het eerst "Salam eleikom" tegen iemand zei, smaakte het lekker zoet, als een hap van een vers gebakje.

Hij zei: "Lam jalad en lam joelad: Niemand heeft Hem gebaard. En Hij baart niet."

Je kreeg kippenvel als je het voor het eerst hoorde. Het was een simpele, maar tegelijkertijd krachtige Arabische zin, met veel l's en veel a's. Als je hem uitspreekt, klinkt het alsof je het over een hoog gebergte hebt.

Het woord "islam" was ook nieuw. Het had eerst geen inhoud, maar op den duur betekende het: "Geef je over!"

"Goed!" zeiden de mensen. "Maar aan wie moeten we ons overgeven?"

"Aan de Maker van alles!" antwoordde Mohammad.

Het woord "Koran" had ook geen betekenis. Later vertaalde het zich in: "Stukje bij beetje. Stukje na stukje. Een stukje tekst nu, een stukje tekst later. Lees het en zeg het op!"

Mohammad was gedreven, bijna bezeten. Wat hij beweerde was raar, en wat hij deed was nog vreemder.

Hij loog, hij loog ontzettend veel. En hij geloofde in zijn eigen leugens. Misschien is liegen geen goed woord, hij bedacht dingen. Hij zei dat zijn Koranteksten aan hem werden geopenbaard. Maar hij verzon het allemaal. In zijn eentje. In zijn hoofd en ik genoot van zijn voorstellingsvermogen.

Maar er bleef altijd iets wringen in Mohammads boodschap. Hij was een bijzondere man, dat wel, en wat hij beweerde klonk mooi, maar waarom verbond hij zichzelf dan met een onzichtbaar touwtje aan de lucht, aan een denkbeeldige Allah?

Hij wilde een revolutie op gang brengen. En hij had een ongekende prestatie geleverd in de Arabische taal. Hij was een begenadigd leider, maar waarom deed hij zichzelf voor als een dakloze nepprofeet?

Geloofde hij echt dat hij een boodschapper was? Dat die teksten hem allemaal geopenbaard werden?

Het is moeilijk om hier een antwoord op te geven. Het blijft een geheim en het maakt hem raadselachtig. Maar hij had zich zo gefixeerd op zijn Allah dat hij één was geworden met zijn Allah. Hij was Allah. En zo maakte hij goddelijke teksten. Maar goed. Er zijn veel, eigenlijk heel veel mooie passages. De mooiste zijn de teksten waarin hij zweert:

> "Bij de zon en wanneer hij schijnt.
> En bij de maan wanneer hij hem volgt.
> En bij de dag wanneer hij wordt belicht.
> En bij de nacht wanneer hij alles bedekt."

Later zwoer hij bij de olijven en vijgen:

> "Bij de nacht wanneer hij alles bedekt.
> En bij de dag wanneer hij schittert
> En bij Hem die het mannelijke en het vrouwelijke heeft geschapen."

Nog later zwoer hij bij paarden:

> "Bij de dravende, vechtende paarden, die kort en snel ademen.

En bij de vonken die ze uit hun hoeven slaan.
En bij de strijders in de vroege morgen.
Die dan stof doen opwerpen.
En zich zo samen een weg banen, midden door de slagorde."

En hij zwoer bij getallen:

"Bij even en oneven."

Wat wil je nog meer weten, Zeeëd?' vroeg Aasha.

Ik vroeg niets meer en ik citeerde nog een van Aasha's eigen gedichten:

'Wanneer jij beweegt
Past de wereld zijn bewegingen aan
Aan die van jou.
Maar ik kijk ademloos
Naar jouw blote voeten
In het bruine zand
Jij, de wereld.'

De dag van Aasha kon niet meer stuk.

Deze dag zal ook mij altijd blijven heugen.

33 DE MANNEN VAN DE FAMILIE

De inwoners van Mekka liepen met een grote boog om Mohammad heen. En de handelaren hadden hun knechten opdracht gegeven om hem niet binnen te laten. Maar de mensen kenden Mohammad niet. Ze wisten nog niet dat hij nooit zou wijken. Hij zou tot het einde doorgaan.

Mohammad had een grote verbeeldingskracht en wilde zijn ideeën als grote stenen op de grond plaatsen. Maar niemand begreep dat. Misschien begreep Mohammad het zelf ook niet, als ik de woorden van Aasha mag gebruiken.

Nu niemand naar hem wilde luisteren, werd hij harder.

De hele stad praatte over Mohammad, iedereen schold hem uit, iedereen bespotte hem. Maar op twee familieleden na had Mohammad geen enkele reactie uit zijn eigen stam gekregen.

Dat deed hem pijn en hij sprak er thuis met Ghadidje over. 'Het lijkt alsof ik dood ben voor hen.'

De eerste van de familie die reageerde was Ali, de neef van Mohammad. Op een avond kwam Ali langs en hij ging rechtstreeks naar de kamer van Mohammad. 'Mohammad. Ik volg je blindelings. En ik volg je met mijn verstand,' zei hij zonder inleiding. 'Je bent mijn oudere broer en je bent altijd mijn voorbeeld geweest.

Vanaf nu ben ik in jouw dienst, ik doe wat jij me vraagt.'

'Ik had niets anders van je verwacht. Mekka heeft jou nodig, Ali', zei Mohammad en hij kuste hem op zijn voorhoofd.

De tweede was Aboe Taleb, de rijke oom van Mohammad.

Mohammad maakte zich druk over wat zijn stam van hem vond. Hun steun was belangrijk voor hem. Als zij hem steunden, durfde niemand het in zijn hoofd te halen om ook maar één steentje naar hem te werpen, laat staan om hem uit de weg te ruimen.

Omdat een reactie van zijn stam uitbleef, ondernam Mohammad zelf actie. Er werd hem een soera geopenbaard:

> 'Wij hebben geen enkele stad vernietigd zonder dat deze van te voren was gewaarschuwd.
> Ter vermaning.
> Roep dus geen andere God aan dan Allah.
> Mohammad.
> Roep je naaste familieleden.
> En als zij jou niet willen gehoorzamen, zeg dan: "Ik neem afstand van wat jullie doen."
> En stel je vertrouwen in Allah.
> De Machtige. De Vergevende.
> Die je ziet wanneer je rechtop staat voor het gebed.
> En wanneer je je heen en weer wendt met hen die zich neerbuigen.
> Hij hoort alles. Hij ziet alles.'

Het werd een radicaal omslagpunt voor Mohammad. Hij kon het zwijgen in zijn eigen familie niet verdragen. Hun standpunt moest op tafel komen. Is mijn familie met mij of is ze tegen mij?

Met de nieuwe soera wilde hij hen dwingen positie te kiezen. Ze moesten of aan de kant van Allah gaan staan, of aan de kant van de afgoden. Een derde keus bestond er niet.

Hij besprak het met Ghadidje en nodigde alle mannen van zijn familie uit voor een diner in zijn huis.

De familie bestond uit zowel heel rijke als arme mannen. De rijke mannen woonden in mooie huizen, waren groothandelaren en zaten in het bestuur van de stad. De arme mannen woonden in tenten in de woestijn.

In vergelijking met de andere huizen van Mekka was het huis van Ghadidje een koninklijke woning. Aan het begin van de avond verzamelden de mannen zich bij de deur.

De hoofdbediende ontving de gasten en begeleidde hen naar de gastenkamer. Onder hen waren twee zeer belangrijke mannen.

De een was Taleb, de gerespecteerde oude oom van Mohammad. Hij was de geestelijke vader van Mohammad. Hij had nog altijd een kraam op de vrijdagmarkt van Mekka. Hij aanvaardde Mohammads geloof niet, maar steunde hem wel onvoorwaardelijk.

De tweede belangrijke man heette Aboe Lahab, een andere oom van Mohammad. Deze rijke handelaar had een zetel in de Raad der Wijzen van Mekka.

Aboe Lahab zag Mohammad als een schande voor de

hele familie. Hij had alles geprobeerd om hem zijn missie te ontraden: 'Doe dit niet, Mohammad! Doe dit niet! Je hebt de leeftijd van de verstandigen bereikt. Waarom val je elke keer mijn collega's lastig met je Allah? Stop daarmee, anders zal ik je gek laten verklaren en zo onze stam behoeden voor deze schande.'

Desondanks ontving Mohammad Aboe Lahab hartelijk en bood hem een plek boven in de gastenkamer aan. Hij hoopte dat hij alsnog de steun van deze machtige oom zou krijgen. Als hij hem zover zou kunnen krijgen, zou het een doorbraak zijn.

Toen iedereen binnen was, knikte Mohammad naar mij: 'Wijn!'

34 ABOE LAHAB, DE LEIDER VAN DE STAM VAN MOHAMMAD

Jaren later verbood Mohammad de wijn. Maar nu werden er drie kannen wijn en een groot aantal bekers naar binnen gebracht.

Toen alle gasten van wijn voorzien waren, was het tijd om te eten. De bedienden serveerden grote borden met verschillende gerechten. Het was een feestelijke maaltijd zoals je die alleen in het huis van Ghadidje kon verwachten.

De mannen doofden hun pijpen, wasten hun handen en begonnen aan het maal. Het duurde lang. Mohammad wilde voorkomen dat de mannen straks de bekers weer vol zouden schenken en dronken zouden worden.

Voorzichtig begon hij met zijn soera: 'Besmellahe rahmane rahim. La ilaha ella Allah ...'

'Daar begint hij weer', mompelde Aboe Lahab.

Taleb maande Mohammad met een snelle blik tot rust.

Ik, Zeeëd, stond achter Mohammad en zag hoe zijn rechterhand trilde. Zijn vrouw Ghadidje stond op de gang en fluisterde: 'Mohammad! Beheers je! Het zijn je gasten.'

Ik reikte Mohammad een beker water aan. Hij nam er een slokje van, richtte zich tot Aboe Lahab en zei: 'Allah heeft me persoonlijk opdracht gegeven om mijn naaste familie uit te nodigen om Hem te volgen. Allah is Eén. Hij is alwetend.'

'Mohammad! Hou op! Dat heb ik al zo vaak gehoord. Ik dacht dat je me uitgenodigd had als teken van verzoening, maar je hebt ons te eten gegeven zodat je daarna deze onzin in onze oren kunt stoppen', beet Aboe Lahab hem toe.

'U mag alles denken wat u wilt,' zei Mohammad, 'maar ik begrijp nog altijd niet hoe een wijs en groot man als Aboe Lahab een afgod eert, een nietszeggende god van steen die niet eens in staat is om een mug van zijn neus weg te slaan.'

Aboe Lahab schoof zijn bord aan de kant en zei: 'Je nodigt mij uit en vervolgens beledig je me? Het moet nu afgelopen zijn met jouw Allah! Je hebt onze stam in grote verlegenheid gebracht. Iedereen heeft het alleen maar over jou. Tot nu toe hebben wij gezwegen, maar ik waarschuw je. Als je zo doorgaat, zet ik jou uit de stam. Dan ben je een loslopende zotte kameel in de woestijn.'

'U mag doen wat u wilt,' reageerde Mohammad heftig, 'Allah is groot! Hij bepaalt, niet Aboe Lahab.'

Ali richtte zich tot Aboe Lahab om iets te zeggen, maar Aboe Taleb maande hem met zijn stok tot zwijgen.

Haastig maakte Aboe Lahab zijn handen met een doekje schoon, gooide het doekje op zijn bord, kwam overeind en verliet de kamer. Iedereen volgde in stilte zijn voorbeeld.

Mohammad stond nu alleen op de binnenplaats.

Ik, Zeeëd, bevond me achter hem. Ghadidje en Ali kwamen naast hem staan.

'Op mijn stam kan ik niet rekenen', zei Mohammad verdrietig tegen Ghadidje.

Ze hield zijn hand vast.

'Nu weet ik waar ik sta', ging hij verder, 'Aboe Lahab bedreigde me en vergeleek me met een zotte kameel. Zo verklaarde hij me vogelvrij. Nu kan iedereen me doden zonder de wraak van mijn stam te hoeven vrezen. Maar Aboe Lahab kent Mohammad niet goed genoeg. Ik zal hem een lesje leren. Ik zal hem laten voelen wat schande is.'

Toen zweeg hij. Ik ging naar de keuken en haalde een beker rietsuikerwater voor hem.

Hij nam een slok, gaf me de beker terug en ging naar zijn kamer.

Mohammad werd die avond ziek van verdriet. Hij kroop onder de wol en bleef daar drie hele dagen liggen.

Ik wachtte op de binnenplaats tot hij zijn deur opendeed en naar buiten kwam, maar hij kwam niet. Op de derde dag, toen de zon al achter de dadelbomen begon te zakken, pakte ik een lantaarn, opende voorzichtig de deur en stapte zijn kamer binnen.

Hij lag languit op zijn rug met de deken over zijn hoofd getrokken. Ik knielde naast hem neer en fluisterde: 'Mohammad.'

Hij reageerde niet.

'Mohammad.'

Hij bewoog niet.

Zachtjes trok ik de deken van zijn gezicht. Er zaten zweetparels op zijn voorhoofd. Hij opende zijn ogen en zei verdrietig: 'Wat is er, Zeeëd?'

'O niets, ik wilde je een soera voorlezen', zei ik.

Met gesloten ogen luisterde hij naar mij.

'Bij de stralende dag.
En bij de nacht waarin men rust.
Mohammad! Je Schepper heeft je niet verlaten en is je niet vergeten.
Het leven hierna zal echt beter zijn voor jou dan dit leven.
Hij zal jou verheffen zodat je je gelukkig voelt.
Heeft Hij jou niet als wees gevonden en onderdak gegeven?
Heeft Hij jou niet verdwaald gevonden en begeleid?
Heeft Hij jou niet behoeftig gevonden en voorspoed gegeven?
Spreek de wezen nooit hard toe.
Stuur de bedelaar niet weg.
En spreek met eerbied over de gaven van je God.'

Tranen stroomden uit Mohammads ogen. Maar opeens brak er een glimlach door.

35 ALI, DICHTER, FILOSOOF EN REDENAAR

Wederom ging ik bij Ali langs. Hij was nu de adviseur en rechterhand van Omar, de tweede kalief. Ik wilde hem vragen over de avond waarop Mohammad zijn familie uitgenodigd had en Aboe Lahab had gedreigd Mohammad als een zotte kameel uit de stam te zetten.

Ali was anders dan Omar en Osman. Zij waren politieke leiders, met alle listigheden en gemene praktijken die daarbij horen. Ze leefden als koningen toen ze leiding gaven aan het nieuwe Islamitische Rijk.

Maar Ali leefde altijd in eenvoud. Hij bleef net als vroeger in zijn eigen huis wonen. Hij was eerlijk en zuiver en kon eigenlijk geen leider zijn. Hij was eerder dichter en filosoof.

Ali hield meer van boeken lezen dan van vechten aan het front. Hij was een redenaar, hij betoverde massa's mensen met zijn woorden. Ik heb veel van zijn redevoeringen op papier gezet. Daardoor ken ik uitspraken van hem uit mijn hoofd. Ik geef er een aantal:

'De tijd verdwijnt als een zwangere lentewolk. Grijp hem, anders heb je hem niet meer.'

'Ademhalen is een beweging naar de dood.'

'Wie de kleine problemen groot maakt, wordt getroffen door grote problemen.'

'De mens moet op twee dingen nooit rekenen: zijn gezondheid en zijn geld.'

'Heb geduld! Het is het geneesmiddel tegen verdriet en verlangen.'

'Lekkere geuren, honing, paardrijden en kijken naar bloemen, gras en water werken de pijn en het verdriet weg.'

'Er zijn tijden van geluk en tijden van beproeving. Overdrijf niet tijdens het geluk en wees niet ongeduldig tijdens de beproeving.'

'Neem wat het leven je geeft. En draai je gezicht weg van wat je niet krijgen kan.'

'Je zoekt, je vindt. Het is het geheim van het leven.'

'Geluk zit in het ongeluk waardoor je getroffen wordt.'

'Wat je ook bezighoudt, het gaat over. En wat je zal treffen, zal je treffen.'

Nu stond ik voor de deur van Ali en hij werd van mijn komst op de hoogte gebracht.

Toch klopte ik voordat ik naar binnen ging.

Elke keer als ik op een deur klop, denk ik aan Mohammad. Hij heeft ons in de Koran manieren geleerd. Als volgelingen van Mohammad moesten we op de deur kloppen voordat we ergens naar binnen gingen. Vroeger drongen we als kamelen de huizen binnen zonder de bewoners te waarschuwen. Maar Mohammad corrigeerde ons: 'Klop op de deur en als je binnen mag komen, roep dan hoorbaar "Salam!" tegen het huis, zodat de bewoners weten dat je er bent.'

Dus klopte ik op de deur.

'Loop verder, Zeeëd!' riep Ali.
Ik liep verder en riep hoorbaar 'Salam'.
Ali ontving me met open armen: 'Welkom vriend. Welkom broer. Wat een geluk om je weer te mogen omarmen.'
En hij riep zijn vrouw: 'Fati? Zeeëd is hier.'

Fati, of Fatemé, was de lievelingsdochter van Mohammad. Ik weet het nog. Mohammad bewonderde haar altijd, hij maakte grapjes met haar als hij haar op de binnenplaats tegen kwam: 'Hé Fati! Waarom heeft Allah jou zo mooi gemaakt? Wat moet ik nu, ik wil je aan niemand kwijt. Ik wil je voor mezelf bewaren totdat je oud en lelijk wordt en geen tanden meer hebt. Pas dan zal ik je weggeven.'

Mohammad gaf uiteindelijk zijn lievelingsdochter aan Ali. Ze hadden nu twee zonen: Hassan en Hossein.

Fatemé mocht me, en elke keer als ze me ergens tegenkwam, riep ze vrolijk: 'Zeeëd, je bent de schaduw van mijn vader. Hij is dood, maar zijn schaduw beweegt nog altijd.'

Toen ze me begroet had, liep ze weer naar binnen. En Ali nam me mee naar een houten rustbank in de schaduw van de bomen.

Twee jonge, zwarte dienstmeisjes verschenen. De een had een kan zoet water met rozenblaadjes in haar linkerhand en een blad met twee kleurige glazen in haar rechterhand. De ander droeg een schaal vol donkerrode druiven, appels en kleine komkommers, die hun gele bloempjes nog droegen.

Nadat we over families en kinderen gesproken hadden, zei ik: 'Ali, je hebt me gezegd dat ik altijd mag langskomen met vragen. Wil je me vertellen wat er verder gebeurde die nacht, toen Mohammad de mannen van de familie in zijn huis had uitgenodigd en Aboe Lahab dreigend de deur uit liep?'

36 DE WIJZEN VAN DE STAM

Ali zuchtte diep. Soms is de waarheid zwaar.

'Oom Aboe Lahab was de leider van onze stam,' zei Ali, 'ook was hij een van de machtigste mannen van Mekka en het hoofd van de Stadsraad. Eigenlijk was hij de persoon die de afgoden in de Kaabé onderhield. Aboe Lahab hoopte met Mohammad een overeenkomst te kunnen sluiten, hij beloofde hem een zetel in de Stadsraad en een goed inkomen. Maar die avond begreep hij dat Mohammad onomkoopbaar was en dat hij hem nooit zou kunnen tegenhouden. Nadat hij kwaad naar huis gegaan was, riep hij de volgende dag onmiddellijk alle wijzen van de stam bijeen. Ik mocht er niet bij aanwezig zijn, maar van mijn vader heb ik gehoord hoe het eraan toeging:

"Het was midden in de nacht en we zaten allemaal nog bij Aboe Lahab. We hadden vele glaasjes thee gedronken, de theepotten waren leeg en de waterpijpen gedoofd, maar we waren nog niet uitgediscussieerd. Aboe Lahab nam als laatste het woord: 'Als je been besmet is met de pest, moet je het laten wegsnijden, anders besmet het je hele lichaam. We zijn zover. Ik snijd Mohammad van de stam af.'

Iedereen rookte, iedereen dacht na. De stilte duurde lang en er moest toch iemand iets zeggen, dus ik doofde mijn pijp en sprak: 'Luister, Aboe Lahab! Ik ben je broer Taleb. Ik heb Mohammad als mijn zoon grootgebracht. Hij is mij dierbaar. Als we hem uit de stam zetten, is hij vogelvrij. Iedereen kan hem doden zonder dat men bang is voor de wraak van onze stam. Aboe Lahab! Jij bent het hoofd van de stam. Heb je goed nagedacht over wat we moeten doen als iemand Mohammad om het leven brengt? Moeten we zijn lijk dan op straat laten liggen voor de wilde honden? Jij mag doen wat je wilt, maar ik zal hem daar niet laten liggen. Je mag zwijgen over de dood van een stamlid, maar ik zal wraak nemen. De oorlog verklaren aan de stam van de dader. En ik doe het uit eer voor onze stam.

Broer, heb je goed nagedacht? Het gebeurt bijna nooit dat er iemand uit zijn stam wordt gezet. Het is een zeldzame gebeurtenis, een buitengewone omstandigheid. Het gebeurt alleen als er geen enkele oplossing meer denkbaar is of als het bestaan van de gehele stam in gevaar is. Je doet zoiets om een oorlog te voorkomen als de vijand machtig is en de vrouwen en kinderen van de stam wil uitroeien. Er is gelukkig geen sprake van een oorlog, Aboe Lahab.'

'Mohammad heeft de oorlog verklaard. Een allesvernietigende oorlog', riep Aboe Lahab terug.

'Het is geen oorlog.'

'Wat is het dan?' zei Aboe Lahab.

'Ik weet het niet, maar het is geen oorlog en mijn stam is niet in gevaar.'

'Mohammad heeft de oorlog verklaard, maar jij wilt het niet horen', zei Aboe Lahab.

'Geen man, geen vrouw, geen kind, geen kameel, geen geit van de stam voelt zich bedreigd door Mohammad. Ik steun dit niet.'"

‘Mijn vader kwam overeind en liep naar buiten’, zei Ali. ‘Hij hoorde rumoer achter zich en voetstappen. De wijzen kwamen naar buiten.

“Wat een heerlijk frisse lucht”, hoorde mijn vader hen zeggen.’

37 HULP VAN ENGELEN

Ali begeleidde me naar buiten en wandelde mee naar de stal waar ik mijn paard achtergelaten had. 'Zeeëd, je hebt alles zelf meegemaakt, je liep overal met Mohammad mee, je weet zelfs meer dan ik, waarom stel je deze vragen aan mij?' zei hij.

'Ik wil jouw stem in mijn boek opnemen,' zei ik, 'bovendien vrees ik dat ik te veel ruimte aan mijn fantasie geef. Jouw stem en de stem van je vader zullen een ziel aan mijn boek geven. Bovendien was ik jong en werd ik niet overal bij betrokken.

Ali, je bent een dichter en een filosoof. Ik wil graag het volgende citaat van jou in mijn boek opnemen:

"Steek je hand niet uit naar iets
wat onbereikbaar is.
Maar waar je je hand naar uitsteekt,
wordt bereikbaar."

Ik weet dat jij dit hebt gezegd geïnspireerd door Mohammad. Hij stak zijn hand uit naar het onbereikbare, naar het onvoorstelbare, en hij bereikte het.

Anderen hebben Mohammad als profeet gekend. Maar jij en ik hebben hem als mens meegemaakt. Ali, vertel me iets moois over Mohammad als mens.'

'Zeeëd, je weet wat ik ga zeggen. Wij kenden Mohammad. Hij had een ongelofelijk doorzettingsvermogen. Hij zei ooit tegen mij: "Ali, het onbereikbare is bereikbaar. Hoe onbereikbaarder, hoe bereikbaarder."

Met elke beslissing nam hij risico's. Maar hij had het vermogen om het risico naar zijn hand te zetten en maakte er een betrouwbare factor van.

Hij viel, hij viel diep, maar hij bleef geduldig en stond weer op. Geduld had hij als geen ander. Daarom maant Allah iedereen tot geduld.

Hij bleef vechten tot hij zijn fantasie in aardse werkelijkheid had omgezet.

Mohammad was een uniek mens. Als ik eerlijk ben, moet ik toegeven dat hij vaak visioenen had, toch bereikte hij daarmee zijn doel.

Zeeëd, weet je nog, toen we samen in die oorlog vochten? Het leger van Mekka bestond uit een paar duizend man, en wij waren met een paar honderd. Ze maakten ons af. En de volgelingen vluchtten. Mohammad bleef met mij en jou alleen achter. Het was een verloren situatie. Opeens riep hij zijn volgelingen achterna: "Niet vluchten. Allah stuurt hulp. Kijk naar de lucht, er dalen honderden engelen neer om ons te steunen."

Het was nauwelijks te bevatten wat hij deed. Hij zag de engelen en vocht en wij vochten met hem mee. De anderen keerden terug en samen vochten we met al onze kracht met de engelen mee en de vijand trok zich terug. Weet je het nog, Zeeëd? Dat was Mohammad. Hij maakte het onbereikbare bereikbaar.'

Voor de deur van de stal omhelsde Ali me nog een keer en zei: 'Kom vaker langs. Mijn zonen hebben hun oom Zeeëd nodig.'

Ik beloofde het hem, maar het lot bepaalde anders, waardoor ik hem nooit meer terug zou zien.

Later werd Ali de vierde kalief. Op een avond toen Ali in de moskee bad, nam Ebene Moldjem achter hem plaats. Op het moment dat Ali klaar was met het gebed, sloeg Ebene Moldjem hem met zijn zwaard midden op zijn hoofd. Ali viel dood neer.

38 SLAVEN EN VROUWEN

Ali had gesproken over het doorzettingsvermogen van Mohammad en als je Ali's teksten leest, verbaas je je dat hij zo op de mens vertrouwt. Hij zegt letterlijk: 'De mens kan alles bereiken waar hij aan denkt. En niets kan hem daarvan weerhouden wanneer hij met volle aandacht zijn doel tracht te bereiken.'

Ali maakte dat duidelijk voor me. Zo kreeg ik een beter inzicht in Mohammads leven.

Ik vertelde eerder dat Mohammad ziek werd van verdriet na dat treurige bezoek van zijn familie.

Na drie nachten en drie dagen in bed stond hij op.

Hij pakte een handdoek en liep naar de dadelvelden.

Ik rende hem achterna.

Bij de rivier die langs de dadelbomen stroomde, kleedde hij zich uit en sprong in het water. Zwemmen kon hij niet, hij bewoog zich als een kameel. Hij dook drie keer lang onder water en elke keer als hij boven kwam, slaakte hij een harde kreet:

'Allaaaaaaaaaaaaaaah! Sta me bij! Allaaaaaaaaaaaaah! Sta me bij!'

Ik schrok ervan.

Toen hij uit het water kwam, durfde ik niet naar hem toe te lopen, maar ik deed het toch. Hij pakte de handdoek van me aan en bond hem om zijn middel. Hij bleef in de zon staan totdat hij droog was, deed zijn kleren aan en gooide de handdoek naar mij.

Ik bleef wachten, want mijn richting werd altijd door zijn stappen bepaald. Hij liep naar de akkers. Ik volgde hem met de natte doek over mijn schouder.

Mohammad had zijn aanpak veranderd. Hij had drie lange nachten en dagen in bed nodig gehad om erover na te denken. En nu wist hij het.

Tot op het laatste moment had hij gehoopt dat hij zijn revolutie met hulp van de grote handelaren, de rijken van Mekka, zijn stam en zijn invloedrijke oom Aboe Lahab op gang zou kunnen krijgen.

Maar nu dacht hij anders. De hiërarchie van de macht moest totaal omgekeerd worden. En daarvoor moest hij zich niet tot de rijken richten, maar tot de onderdrukte vrouwen en de tot op het bot vernederde slaven en slavinnen. Zij waren de motor achter de opdracht die Mohammad had gekregen.

Mohammad wilde zich baden in de rivier. Hij wilde dat oude denkbeeld van zich af wassen. Hij wilde met een schone lei beginnen.

Nu ging hij overtuigder dan ooit naar de velden waar de slaven hard zwoegden en naar de vrouwen die achter de muren van de huizen en in de tenten als vuil werden behandeld.

Ik volgde hem.

39 BALAL, DE VRIJE SLAAF

Mohammad liet de stad met rust en liep dag en nacht langs de boerderijen.

Maandenlang praatte hij met de slaven en slavinnen.

Ik hield de wacht voor de deur van de huizen of voor de ingang van de tenten als hij met de vrouwen sprak.

Ik ging in een boom zitten als hij met de slaven praatte en zodra ik de baas van de boerderij zag aankomen, waarschuwde ik Mohammad.

Er lijkt een eeuw verstreken sinds die tijd.

Soms kan ik niet geloven dat ik het ben die zo veel met hem heb meegemaakt.

Nu reed ik door de velden buiten Mekka op zoek naar Balal, een voormalige slaaf.

Balal was oud geworden. Hij woonde in een mooi, groot, stenen huis en had drieënveertig kleinkinderen.

Balal werkte ooit op een boerderij waar ze gewassen verbouwden. Ik herinner me vooral zijn gebogen rug die als zwart hout in de zon schitterde, daarna pas zijn gezicht. Hij zong tijdens het werken, hij neuriede. En met zijn stem gaf hij rust aan de slaven in het veld. Het was dezelfde stem die hij later in dienst van Allah stelde.

Ik zie nog altijd voor me hoe Mohammad naar hem toe liep en hoe Balal zijn zwarte rug rechtte toen hij de boodschapper op hem af zag komen.

Maar ik zal Balal het verhaal in zijn eigen woorden

laten vertellen. Vanaf het begin:

'Mijn naam is Balal. Mijn achternaam Habashi. Ik ben zwart, zo zwart als de nacht. Ik kom uit het buurland Habasha en was de zoon van een slaaf. De slavenhandelaar had me als een jonge jongen naar Mekka gebracht. Mijn baas kocht me op de vrijdagbazaar van Mekka. In de jaren dat ik voor mijn baas werkte, was ik een sterke man geworden. Hij bond me als een os voor een ploeg en ik ploegde zijn akker. Ik droeg de riem van de ploegbalken op mijn schouders en trok de ploeg diep door de grond, toen ik Mohammad zag naderen. Ik kende hem, ik had zijn boodschap al gehoord, maar ik had hem nog nooit van dichtbij gezien. Een slaaf die achter me stond, fluisterde: "Hij is de beruchte boodschapper."

De slaven mochten weliswaar niet naar de stad gaan, maar de boodschap van Mohammad had hen toch bereikt. Men vertelde dat hij de mensen uitnodigde om zijn Allah te volgen. Ik had gehoord dat hij met een groep jonge mannen plechtig met zijn rug naar de Kaabé ging staan om zijn Allah te prijzen.

De slaven praatten over hem. Ik zag Mohammad. Ik zag hem in het donker met slaven praten. Opeens stond hij voor me.

"Wat een mooie stem heb jij!" zei hij.

Ik zei niets, ik keek of mijn baas hem opgemerkt had.

"Van wie heb je die stem?"

"Ik weet het niet."

"Wat is je naam?" vroeg hij.

"Mijn naam is Balal."

"Balal Habashi dus!" zei hij.

Tot die tijd had ik geen achternaam. Ik heette gewoon Balal, maar Mohammad gaf me een achternaam. Habashi. Balal uit Habasha.

"Er is maar één Allah", begon hij, terwijl ik bang was dat mijn baas ons zou zien. "Allah is de Maker van alles. Voor Hem zijn alle mensen gelijk. We zijn allemaal broeders! In Zijn Koninkrijk is geen onderscheid tussen blanke mensen, zwarte mensen of bruine mensen."

De slaven keken naar mij, ik was doof geworden, hoorde hem niet meer. En omdat de andere slaven naar hem keken, richtte hij zich tot hen en zei een van zijn nieuwe koranteksten op:

"Waa shams eza zohaha
Waal gamar eza talaha.
Labbeek Allahoma labbeek.
Labbeek la sharike laka labbeek."

Zijn woorden bezorgden me kippenvel.

"Wat wil je van mij, Mohammad?" zei ik zachtjes.

"Je stem, Balal. Allah heeft die stem niet voor niets aan je gegeven. Ik heb je nodig. Ga met mij mee."

"Ik ben eigendom van mijn baas. Ik kan niet met je mee!"

"Je bent het eigendom van niemand. Gooi die ploeg van je schouders en ga met mij mee."

Gelukkig verscheen mijn baas in de verte. Mohammad verdween achter de bomen.

Hoe kon ik de ploeg van mijn schouders gooien en met hem meegaan? Waar had hij mijn stem voor nodig?

Waar wilde hij me mee naartoe nemen? Ik kon er de hele nacht niet van slapen.

"Naar het paradijs", zei Mohammad de volgende dag.

"Welk paradijs?"

"Na de dood keren we allemaal terug naar Hem. Kijk om je heen. Wat je ook ziet, zal sterven en weer tot leven komen. Wij gaan ook dood en we worden weer tot leven gewekt en naar Hem gebracht."

"Mohammad! Ik kan niet bevatten wat je zegt. Wat wil je precies van mij?" zei ik ongerust.

"Ik krijg teksten uit de lucht toegezonden," zei Mohammad, "ze worden me geopenbaard door Allah. Ik wil dat jij Zijn woorden luid in het openbaar zegt. Op de markt zet ik een kruk neer. Jij gaat erop staan en zegt de soera's hardop. Je zingt Allahs woorden, je neuriet ze."

"Hoe dan, Mohammad? Ik zit hier vast met die ploeg op mijn rug."

"Gooi dat ijzer van je nek. Allah heeft je bevrijd. Ga met mij mee. Wees niet bang. Je bent niet de enige. Ik heb steeds meer volgelingen onder de slaven."

Ik kon me niet los maken van het ijzer, ik was ermee geboren. Ik ging niet met hem mee en ik wendde mijn gezicht af, elke keer als Mohammad weer op het veld kwam. En hij sprak me niet meer aan. Er ging een half jaar voorbij. Ik hoorde vaker dan ooit over hem praten. Ik hoorde de slaven in het donker over hem spreken. Ik hoorde de slavinnen zijn woorden in de nacht neuriën. Waar ik ook ging, hoorde ik berichten over hem:

"Mohammad en zijn volgelingen vochten met de ordebewaarders op de markt."

"Gisteren hebben weer twee jonge slaven gehoor gegeven aan Mohammad."

"Op het plein van de Kaabé zong een groep aanhangers de teksten van de Koran."

"Vrouwen roepen zijn naam van achter de ramen als ze hem langs zien lopen."

"Een groep vrouwen is het dak op gegaan om Mohammad te bewonderen."

De eigenaren van de akkers hadden de slaven verboden met hem te praten. Ze stuurden hun waakhonden op Mohammad af als hij op het veld verscheen.

Het was aan het begin van de avond. Opeens kon ik de ijzeren ploeg niet meer op mijn rug verdragen, ik gooide hem op de grond en vluchtte op blote voeten naar de stad, op zoek naar Mohammad. Toen ik hem vond, riep ik: "Allah is Eén en Mohammad is Zijn boodschapper."

Mohammad zette meteen een kruk op het plein van de Kaabé en zei: "Ga erop staan. Zing met alle kracht wat ik voorzeg:

Waas sama waal tareqh
Waa maa adrajek mataregh ...
Bij de nachtster
De doordringende ster
De mens moet maar eens kijken waaruit hij geschapen is.
Geschapen is hij uit het springende vocht
Dat tussen de rug en de borst tevoorschijn komt

Ongetwijfeld is Hij bij machte om de mens na zijn dood terug te roepen.
Op de dag waarop de geheimen worden getoetst
Bij de zwangere wolken
Bij de aarde die ontluikt:
De Koran is het beslissende woord.'"

40 DE MAAGDEN

De mysterieuze stem van Balal heeft zijn werk gedaan.

Iedereen die hem hoorde, bleef staan om te luisteren.

Mohammad had een prachtig juweel binnengehaald. Mohammads stem was monotoon en opdringerig. Hij wekte irritatie bij de mensen. Het was een stem voor een gevecht, niet voor een uitnodiging. Omdat hij zo bezield en overtuigd was van zijn eigen boodschap, stotterde hij soms en stak daarbij zijn armen in de lucht. Het waren armen die onrust zaaiden en die chaos in je hoofd en in de stad creëerden.

Maar de stem van Balal paste bij het zangerige proza van Mohammad. Zijn stem liet de boodschap beter tot haar recht komen.

Als hij de teksten van Mohammad opzei, verroerde niemand zich. Pas nu Mohammad zelf op de achtergrond bleef, hoorden de mensen woorden. Ze beseften dat Mohammad iets wilde zeggen. Zijn proza greep hen.

Iedereen in de stad had het over die zwarte Balal. De jongeren kwamen hem bewonderen. Ze waren de corruptie van Mekka en de walgelijke gewoontes van hun voorvaderen beu. Mohammad wees hun een nieuwe weg. Hij praatte over een Allah die de schepen als een groen blad in de oceaan liet bewegen.

Door de mond van Balal riep Mohammad:

'Dwing een vrouw niet als ze niet met je wil slapen.'

'De afgoden zijn de dienaren van de grote handelaren. Zij hebben er baat bij.'

'Mannen! Ga met me mee! Vecht voor Allah. Als je doodgaat, kom je in het paradijs, waar maagden in hun groene jurk met een kannetje wijn en twee schalen met fruit op jullie wachten.'

'Kijk naar die bergen. Allah heeft ze voor jullie als grote pinnen in de bodem geslagen om aardbevingen te voorkomen.'

'Kijk naar de maan. Allah heeft haar als een lamp voor jullie nachten in de lucht gehangen.'

Niemand had eerder zulke dingen gezegd. Niemand had eerder zulke dingen gehoord.

Als Balal zweeg, raakten mensen in discussie: 'Allah, de Maker van de regen. Geloven jullie het zelf?'

'Onzin. Mohammad verkondigt onzinnigheden.'

'In het paradijs krijg je hoertjes in groene jurkjes als je met Mohammad meegaat.'

'Onze goden zijn dode stenen, maar de Allah van Mohammad is licht dat brandt op gezegende olijfolie. Wat een hersenschimmen.'

Maar er zat kracht in zijn boodschap. Het klonk naar vooruitgang. Alleen al de gedachte om duizend jaar oude, zware stenen afgoden te breken, boeide de jongeren.

De Raad van Mekka was geschrokken van die ontwikkeling. Aboe Lahab zag geen uitweg meer. Nu hij er niet in geslaagd was om Mohammad via zijn invloed tegen te houden, smeedde hij stiekem een plan om hem uit te schakelen.

Op een dag toen Mohammad met een groep aanhangers op het plein van de Kaabé stond en Balal de teksten zei, drong een vreemde man naar voren die Mohammad met een steen tegen zijn hoofd sloeg. Mohammad viel bewusteloos op de grond neer en de man vluchtte.

Omar en Ali renden achter de man aan. Aboebakar en Osman knielden naast Mohammad. Ze veegden het bloed van zijn gezicht en probeerden hem een slokje water te geven, maar Mohammad lag als een dode op de grond. Ze tilden het slappe lichaam op de schouder van Balal en namen hem mee naar huis.

De geruchten verspreidden zich onmiddellijk: 'Mohammad is dood!'

'Een man van buiten Mekka heeft Mohammad verwond met een steen.'

'Mohammad is Mohammad niet meer.'

'Het is afgelopen met zijn Allah.'

'Mohammad is weg. Hij zit nu bij zijn maagden in het paradijs!'

41 DE GENEESHEER

Iedereen dacht dat Mohammad de aanslag niet overleefd had en dat Aboebakar, Omar en Osman hem in het geheim hadden begraven.

Maar Mohammad was niet dood, hij lag levenloos in zijn bed.

Toen ze de bewusteloze Mohammad naar huis hadden gebracht, deed Omar de deur van binnen op slot en hij beval: 'Er komt niemand binnen! En er gaat niemand uit!'

Ik was de enige die via de daken en over de muren naar buiten mocht.

Midden in de nacht werd er een grote steen door het raam gegooid. Ik snelde naar het dak. Een paar jonge mannen stonden op straat met stenen in de hand.

Omar greep onmiddellijk een stok, rende in zijn eentje naar buiten en sloeg ze zo hard dat ze als bange wilde honden maakten dat ze weg kwamen.

Omar was de man van het gevecht, de man van het front. Verliezen kende hij niet. Later werd hij de krijgsheer van Mohammads leger. En nog later, toen hij kalief werd, viel hij het Perzische Rijk binnen. Ook joeg hij de laatste Perzische koning na tot aan de grenzen van Ghorasan.

Toen de stenengooiers weg waren, stuurde Omar me naar de aanhangers van Mohammad: 'Vraag ze allemaal hier te komen om het huis te bewaken, anders zal de vijand het huis in brand steken.'

In het donker reed ik naar alle adressen die ik kende en waarschuwde iedereen. Ze kwamen en bleven tot de vroege morgen het huis bewaken.

Ondertussen had Aboebakar een geneesheer laten komen.

Ik, Zeeëd, leg even mijn pen neer en sluit mijn ogen om in gedachten terug te keren naar die nacht toen de geneesheer Mohammad behandelde. Mohammad lag in bed, zijn ogen waren dicht en zijn borstkas ging langzaam op en neer.

Aboebakar knielde op zijn rechterknie en hield een lantaarn omhoog, zodat de geneesheer de wond van Mohammad met een naald kon dichten.

Ikzelf stond in de deuropening, waar ik elke beweging zowel in de kamer als op de binnenplaats in de gaten kon houden.

Osman hield Mohammads pols vast en gaf het ritme van diens hartslag op zachte toon aan de geneesheer door.

Omar knielde bij het voeteinde van het bed en masseerde Mohammads voeten om de circulatie van het bloed op gang te houden.

'Nog meer schone lappen', zei de geneesheer.

Ik snelde naar de bedienden: 'Breng schone lappen.'

'Hoe is het met Mohammad?' vroeg de oude, zwarte bediende.

Ik gaf geen antwoord.

De geneesheer onderzocht Mohammad nog een keer en liet ons zien hoe we de wond schoon moesten houden. Toen de geneesheer vertrok, liep Aboebakar naar de andere kant van de binnenplaats, naar de kamer van Ghadidje, om haar te vertellen dat het met Mohammad al beter ging.

De volgende dag bij zonsopgang opende Mohammad zijn ogen.

Ik was de eerste die het zag. Mijn geluk kan ik met geen woorden beschrijven.

42 DE STRIJDLUSTIGE MOHAMMAD

Tien dagen lang bleef Mohammad in bed. Toen stond hij op en begon over de binnenplaats te lopen. Hij was mager geworden.

De oude bediende van het huis verwende hem met voedzame gerechten. En ze maakte versterkende drankjes, mengde dadelsiroop met melk van jonge kamelen. Ook stopte ze bruine zaadjes van woestijnplanten in gedroogde vijgen en legde ze op een bord, deed er wat honing over en serveerde ze met een kop verse thee als hij op de binnenplaats in de schaduw van de muur even uitrustte.

En 's middags, als de zon achter de muren van het huis verdween en de warmte zich terugtrok, maakte ze vuur met dode takken en grilde ze geitenballen voor Mohammad. Ze bracht ze op smaak met geurige kruiden, zout, peper en een paar schijfjes verse citroen. De heerlijke geur van het gebraden vlees trok over de muren naar de straat. Zo wist men dat het goed ging in het huis van Mohammad.

Ghadidje glimlachte en hoewel ze oud was geworden, liep ze als een jonge vrouw vrolijk de trappen op en af.

In de stad wist niemand hoe het echt met Mohammad ging. Ze wisten dat hij niet dood was, maar ze dachten dat hij niet meer dezelfde zou zijn. Aboebakar, Omar en Osman kwamen een paar keer per dag langs, maar ze praatten niet veel met hem en vertelden hem niets over wat er op straat gebeurde. Hij had nog een week gedwongen rust gekregen van de geneesheer.

Maar Aboebakar, Omar en Osman hadden niet stilgezeten. Ze hadden tot op de bodem onderzocht wie er achter de aanslag zat. De man die Mohammad wilde doden was een bandiet die via een handlanger van Aboe Lahab was ingehuurd. De mensen die met stenen naar Mohammads venster hadden gegooid, waren allemaal door de knecht van de vrouw van Aboe Lahab betaald.

De periode van genezing was voorbij, Mohammad was hersteld en hij leek strijdlustiger dan ooit.

'Zeeëd', riep hij. 'Ruim de kamer op. Neem dit ziekbed mee. Ik wil het niet meer zien.'

Ik, Zeeëd, ruimde niets op. Ik was allang geen loopjongen meer, ik was degene die mogelijk maakte wat de boodschapper wenste.

Dus riep ik de bedienden en zei: 'Ruim de kamer op. Breng het bed weg.'

En ik opende de ramen naar de binnenplaats om de kamer te luchten.

Ik zag Aboebakar, Omar en Osman bij de buitendeur met elkaar praten.

'We gaan in mijn kamer zitten. Laat hen binnen komen!' zei Mohammad.

Ik nodigde hen uit en ze gingen lachend naar binnen. Ze kusten Mohammad op zijn voorhoofd, op zijn

gezicht en op zijn handen en ze gingen met z'n vieren in een cirkel op de grond zitten.
Ik sloot de ramen.

Mohammad was de boodschapper!
Aboebakar volgde Mohammad op. Als eerste kalief smeedde hij het land met zijn wijsheid tot een eenheid.
Omar maakte de islam wereldwijd bekend.
Ik, Zeeëd, verzamelde de gedachten van Mohammad en stelde een wonderlijk boek samen: de Koran.
En Osman dwong de wereld om de Koran te lezen.

43 DE OMMEKEER

De volgende dag stond ik naast de waterput op de binnenplaats. Ik merkte dat Mohammad onrustig was. Hij ijsbeerde en ik zag dat hij trilde, dat hij geen controle meer over zijn benen had. Ik wist dat hij een nieuwe opdracht van Allah kreeg, dat hem straks een soera geopenbaard zou worden.

Hij schudde zijn hoofd, praatte binnensmonds en uitte gebroken zinnen:

'Tabbat jada … tabbat jada
Aboe Lahab wa tabbe
Ma aghna … anho
Ma laho … wa ma kasab …'

Op zulke momenten durfde ik niet dicht bij hem komen. Ik spitste mijn oren en luisterde. Soms kon ik niet goed horen wat hij zei en soms kon ik enkele woorden waarnemen:

'Tabbat jada … wa tabbe …
Gebroken … Aboe Lahab
kapot … kapot
Verworven … baat hem niet
Laaiend vuur … touw … vezels.'

Bezweet en uitgeput zocht hij steun bij de muur.

Ik rende naar de kamer, pakte een laken, holde terug en trok het laken over zijn schouders. Ik nam hem bij zijn arm en leidde hem naar zijn kamer. Ik legde een kussen onder zijn hoofd en liet hem even liggen.

Vervolgens sloot ik de buitendeur en bleef voor de deur staan.

Morgen zou waarschijnlijk duidelijk worden welke soera hem geopenbaard was.

De volgende dag kreeg Mohammads missie opnieuw een impuls. Mekka wist nog niet wat er te gebeuren stond.

Aboebakar, Omar en Osman kwamen eerder dan gewoonlijk op bezoek en spraken achter gesloten deuren met elkaar. Ik moest naar de markt om de schoenen van Mohammad op te halen. Toen ik terug was, riep Omar me.

Hij fluisterde: 'Vlug! Roep de mannen bijeen op het Raadsplein, precies voor het kantoor van Aboe Lahab. En blijf daar bij hen! Wacht daar!'

Op mijn paard galoppeerde ik naar de plek waar onze omroeper Balal Habashi zich verborgen hield voor zijn baas.

'Naar het Raadsplein', zei ik tegen hem en ik reed door om de andere volgelingen te waarschuwen.

De zon stond hoog aan de hemel toen wij met drieënzeventig mannen op het Raadsplein tegenover het kantoor van Aboe Lahab stonden. De mensen keken nieuwsgierig naar ons. Wijzelf wisten niet wat er verder zou gebeuren. Aboe Lahab verscheen een paar keer achter het gordijn van zijn werkruimte.

Op een gegeven moment kwam Mohammad met grote stappen het plein op, begeleid door Aboebakar aan zijn rechterzijde, Omar aan zijn linkerzijde en Osman achter hem.

Iedereen keek verbaasd naar Mohammad. De mensen op het plein gingen aan de kant, niemand had hem verwacht. Iedereen had gedacht dat het afgelopen was met hem. Maar Mohammad liep met rechte rug, standvastiger dan ooit naar zijn volgelingen.

Balal riep:

‘La ilaha ella Allah
Mohammaden rasoelallah.’
De volgelingen riepen tegelijk:
‘Er is maar één Allah
En Mohammad is Zijn boodschapper.’

Omar plaatste de kruk. Mohammad ging erop staan, richtte zijn wijsvinger op het venster van Aboe Lahab en riep:

‘Tabbat jada Aboe Lahab wa tabbe ...
Gebroken de handen van Aboe Lahab
En moge hijzelf kapotgaan.
Wat hij verworven heeft baat hem niet
Hij zal branden in een laaiend vuur
Ook zijn vrouw, die het hout draagt voor het vuur
Met om haar nek een touw geweven van de vezels
van een dadelboom.’

Omar pakte een steen en gooide die door het raam van Aboe Lahab.

Er ging een schok door Mekka. Mohammad had de pijl van zijn boog naar het centrum van de macht geschoten.

44 DE VOLGELINGEN

Mohammad had nu voortdurend beveiliging nodig.

Aboebakar opperde het idee.

Osman gaf het vorm.

En Omar voerde het uit.

Zo werd Mohammads huis dag en nacht bewaakt door stevig gebouwde volgelingen. En hij mocht van Omar nergens meer alleen naartoe gaan.

Omar nam me apart en zei: 'Luister, Zeeëd, Mohammad gaat nergens alleen naartoe. Als dat wel gebeurt, heb jij een groot probleem. Begrepen?'

'Begrepen,' zei ik.

Tijdens de volgende zitting nam Osman het woord: 'De stad staat op scherp. Iedereen wacht op de volgende actie.'

Omar zei: 'De tijd is rijp om ons tot de hele bevolking te richten.'

Aboebakar zei: 'De Raad is diep geraakt, ze zullen gewelddadig optreden nu we Aboe Lahab beschadigd hebben.'

Mohammad was stil en luisterde.

'Wat denk jij, Mohammad?' zei Osman.

'Je hebt gelijk, Osman,' zei Mohammad, 'de stad wacht op een volgende actie. We zitten nu in een nieuwe fase. De tijd van de kruk is voorbij. We moeten de hele stad overtuigen. We moeten plannen bedenken om de

Kaabé te veroveren. We weten niet wanneer het mogelijk is, dat weet alleen Allah. De eerste stap hebben we gezet. Nu moeten we de tweede stap nemen!'

Ik ging zoet rozenwater en fruit halen.

Toen ik terugkwam, maakten de mannen een wandeling op de binnenplaats. Ik zette de kan met zoet water en de fruitschaal op de rustbank onder de oude boom.

Ik kon de tweede ronde van het gesprek niet meemaken, want ik moest van Mohammad een bezoek brengen aan Balal. Zijn baas had zijn schuilplaats gevonden en had Balal in elkaar laten slaan. Ze hadden hem met spijkers aan de grond genageld in de felle zon.

Een hele dag had het geduurd tot een van zijn kameraden hem kwam bevrijden.

Ghadidje had voor Balal fruit, sap, gebakken vlees, gedroogde vijgen, kamelenkaas, nootjes, een nieuw overhemd en een paar nieuwe schoenen in een mand gedaan. Ik pakte de mand en reed met een boodschap van Mohammad naar Balal: 'Wees niet verdrietig, Balal. Allah heeft je gezien!'

Het geweld was toegenomen. Niet alleen Balal was bijna dood geslagen. De Raad had een groep bandieten ingehuurd die de woningen van de volgelingen van Mohammad onder bescherming van de duisternis binnengingen, iedereen ernstig toetakelden en alles kapotmaakten.

De volgelingen klaagden bij Mohammad en elke keer zei hij: 'Heb geduld!' Ze zetten Mohammad onder druk om hun toestemming te geven om geweld te gebruiken ter verdediging, maar Mohammad raadde het af: 'Toon geduld. Ik heb nog geen opdracht van Allah gekregen om geweld te gebruiken.'

Maar Omar kon niet langer wachten, hij verhief zijn stem: 'Zo kunnen we niet verder, Mohammad. Weg met die slappe houding. Je bent Jezus niet, die als hij een klap kreeg, de andere kant van zijn gezicht aanbood. Neem de beslissing. Kom met een nieuwe boodschap.

Laten we hard terugslaan als zij ons slaan.'

De druk op de schouders van Mohammad werd zwaarder. Ik zag hem met zijn handen op zijn rug over de binnenplaats wandelen en nadenken.

45 DE WAARSCHUWING VAN OOM TALEB

Het was diep in de nacht toen er werd geklopt. Ik pakte de fakkel en keek door het luikje in de deur. Het was Taleb, de vader van Ali.

Eerst waarschuwde ik Mohammad, daarna begeleidde ik Taleb naar binnen. Ik wist dat het dringend was, anders stond hij niet 's nachts voor de deur.

Mohammad omarmde hem en ze gingen meteen zitten.

Ik haalde een kan water en twee bekers en knielde achter Mohammad op de grond. Ik keek en luisterde.

'Mohammad, ik ben een vader voor je,' zei Taleb, 'ik smeek het je. Praat met Aboe Lahab. Ze zullen je slachten. En ik ben niet meer in staat om je in bescherming te nemen. Laten we morgenvroeg naar Aboe Lahab gaan, voordat het te laat is.'

'U bent langsgekomen om me dit te vertellen. U hebt het gezegd en ik heb het gehoord', zei Mohammad.

'Luister mijn zoon. Ze zijn gemene plannen aan het smeden. Daarom ben ik meteen langsgekomen. Mohammad, ik herhaal het, ik kan je niet meer beschermen. Praat nu met Aboe Lahab.'

'Die opdracht heb ik niet gekregen van Allah, wel een andere', antwoordde Mohammad.

'Welke opdracht?' zei Taleb bezorgd.

'Morgenvroeg zult u het horen', zei Mohammad.

Daarna kuste hij de hand van zijn oom en begeleidde hem naar buiten. Hij wilde een eindje meelopen, maar ik hield hem tegen: 'Dat mag niet van Omar. U blijft binnen, ik begeleid oom Taleb.'

Mohammad keerde terug en ik vergezelde Taleb naar het marktplein.

Terug thuis deed ik de deur goed op slot en ik liep naar mijn eigen kamer, toen ik geroepen werd door Mohammad.

Ik keek om, hij stond in het donker naast de waterput. Ik liep naar hem toe. Hij fluisterde: 'Gauw! Ga naar Balal en vertel hem dit: "Vroeg in de ochtend, voordat de zon opkomt, sta je met je mannen klaar op het marktplein. We gaan de Safaberg beklimmen."'

Ik reed de stad uit, naar de plek waar Balal met de volgeling Yasser woonde. Ik vroeg hem niet hoe het met hem ging, ik vroeg hem niet of hij het kon, ik vroeg hem niet of zijn wonden geheeld waren of niet, dat was mijn taak niet, ik was slechts een bode. Ik sprong van mijn paard, rende naar binnen, omarmde Balal en fluisterde dezelfde woorden die Mohammad in mijn oor gefluisterd had: 'Vroeg in de ochtend, voordat de zon opkomt, sta je met je mannen klaar op het marktplein. We gaan de Safaberg beklimmen.'

Toen reed ik in volle galop terug naar huis.

46 DE NIEUWE VOLGELINGEN

Heel vroeg stond ik op het dak te kijken of Aboebakar, Omar en Osman eraan kwamen. Zodra ik de contouren van drie ruiters in de verte zag, riep ik naar Mohammad: 'Ze zijn er!'

Ik snelde naar beneden om het paard van Mohammad van stal te halen.

Mohammad dronk een slok water uit de emmer van de waterput en gooide de rest in de kuil waaruit de paarden dronken. Ik overhandigde hem het leidsel van zijn paard. Toen het paard gedronken had, liepen we naar buiten, waar Aboebakar, Omar en Osman op ons wachtten.

Ik had gezien dat Mohammad nieuwe kleren en nieuwe schoenen droeg. Ik paste mijn kleding altijd aan aan die van Mohammad. Ik had daarom snel mijn nieuwe schoenen aangetrokken.

Mohammad had ze ooit voor me gekocht. De schoenen die de meeste Arabieren droegen waren gemaakt van kamelenhuid en voelden een beetje stug. Maar Mohammad had schoenen van koeienhuid, net als de Perzen. Ze waren stevig en elegant en je kon ze met een zwart goedje insmeren.

Ik poetste Mohammads schoenen en hield van zijn schoeisel. Toen hij eens van een lange reis terugkwam, had hij voor mij deze Perzische koeienschoenen uit

Hedjaz meegenomen, maar ze waren een paar maten te groot.

'Ze zijn niet voor nu,' had Mohammad gezegd, 'maar voor later, als je een man geworden bent.'

Pas dat jaar pasten ze me. Het waren elegante schoenen in een geelbruine kleur. Eigenlijk vond ik het zonde om ermee te lopen, maar als ik te paard ging, deed ik ze wel aan.

De eerste keer dat ik ze aangetrokken had, maakte Mohammad een grapje: 'Zeeëd, doe je schoenen uit! Anders zullen de honden van Mekka je bijten. Ze zullen denken dat je een Perzische koe bent.'

Nu reed ik met mijn nieuwe schoenen achter Mohammad, Aboebakar, Omar en Osman aan. Ze gingen zwijgend naar het marktplein, waar Balal en de andere volgelingen op hen stonden te wachten.

Ik hoorde de mannen op het plein al van verre. De groep werd steeds groter. Allemaal jonge slaven, jonge Arabieren, maar ook enkele mannen van Mohammads eigen stam. Het waren de mannen wier harten geraakt waren door Mohammads boodschap. Ook rebellen die het oude gezag beu waren.

Mohammad wist waarmee hij bezig was, maar de volgelingen waren aan een avontuur begonnen waarvan ze niet wisten wat de volgende stap zou zijn en waar het zou ophouden.

Er waren ook vele mensen die zich bij Mohammads beweging wilden aansluiten, maar nog niet durfden.

Mohammad had vooral veel stille volgelingen onder

de vrouwen. Maar ze wisten niet hoe ze hem moesten steunen. In de hele Arabische geschiedenis had niemand het ooit over de vrouwen gehad. Ze waren niets, en de mannen schaamden zich voor hun dochters.

Mohammad verkondigde: 'Stop! Stop met het vernederen van de vrouwen! Het paradijs ligt aan de voeten van de moeders.'

En de vrouwen hadden hem gehoord.

Maar er moest nog veel gebeuren voordat de vrouwen en vooral de slavinnen Mohammad openlijk konden steunen.

Nu stond er een groep van ongeveer vijfenzeventig mannen op het plein. Ik hoorde hun gedempte stemmen en ik onderscheidde de gedaante van Balal.

'Haal Balal!' zei Mohammad.

Ik deed het. Mohammad stapte van zijn paard, schudde Balals hand en gaf hem instructies.

Daarna liep hij naar de andere aanhangers en schudde iedereen de hand: 'Salam eleikom. La ilaha ella Allah.'

Hij liet de mannen bij Balal achter en ging met Aboebakar, Omar en Osman naar de Safaberg.

'Jij blijft bij Balal', zei Mohammad tegen mij.

Ik bleef.

47 DE INWONERS VAN MEKKA

We wachtten op het marktplein, maar ik wist niet waarop we wachtten.

Ik hield Balal in de gaten. Op een gegeven moment riep hij de groep bij elkaar. Ze gingen om hem heen staan. Balal vertelde hun iets wat ik niet kon verstaan. Toen keken de mannen naar de lucht. Dit herhaalden ze een paar keer. Ik dacht dat er misschien iets uit de lucht zou komen, dat de engelen van Mohammad zouden neerdalen of dat Allah zich zou tonen op die vroege ochtend, maar ik vergiste me. Ze wachtten op de zon, op de eerste stralen van de zon. En ze wachtten totdat de mensen wakker waren en naar buiten zouden komen op weg naar hun werk.

Even later schoten de eerste zonnestralen door de lucht. De mensen verschenen in de straten, maar pas toen ik ze met geiten en gerechten naar het plein van de Kaabé zag lopen, besefte ik dat het vandaag offerfeest was. De heilige vrijdag waarop alle winkels dicht waren en de mensen hun persoonlijke offers naar de grote afgod Ozzat in de Kaabé brachten.

Opeens richtte Balal zich tot de mensen die langsliepen en riep met alle kracht:

'Jaa Sabaha! Jaa Sabaha!

Inwoners van Mekka!

Mohammad, de boodschapper, roept iedereen naar de Safaberg.'

Daarna liep hij met de andere volgelingen door de

massa heen naar de Kaabé terwijl ze riepen:

'Allah. Allah.

La ilaha ella Allah.

Ga met ons mee naar de Safaberg!'

Ik was geschrokken van hun onverwachte actie en beefde van spanning. Verbaasd gingen de mensen met hun geiten aan de kant staan en keken naar Mohammads volgelingen met hun zangerige koranteksten.

Maar ik begreep niet waarom ze telkens 'Jaa Sabaha. Jaa Sabaha', riepen, want zoiets zei je alleen als de stad in acuut gevaar was of als een vijand 's morgens vroeg de stad binnen wilde vallen.

Daarom keken de mensen elkaar verward aan: 'Jaa Sabaha? De Safaberg?'

Mekka zinderde door de strategische zet van Mohammad. Het was een verwarrende waarschuwing. Iedereen wist dat oorlog tijdens het offerfeest verboden was. Alle stammen die gedurende het jaar ruzie met elkaar hadden, legden op dat feest hun wapens neer om in vrede offers aan hun afgoden te brengen.

Wat wilde Mohammad zeggen met die boodschap? Voor welke vijand wilde hij de inwoners van de stad waarschuwen?

Een betere dag had hij niet kunnen bedenken om de inwoners van Mekka uit te nodigen om naar de Safaberg te gaan.

Het was een actie tegen de oeroude traditie waarin rust werd geëist. Een actie die je nieuwsgierig maakte: 'Laten we maar naar de Safaberg gaan en zien wat Mohammad te zeggen heeft.'

Zelfs de slaven waren vrij om als gewone bewoners de stad in te gaan.

Honden blaften, ezels gingen aan de kant, geiten maakten lawaai, hanen sprongen over de muren, kinderen renden achter de volgelingen aan en riepen: 'Jaa Sabaha. Jaa Sabaha.' De vrouwen haastten zich naar buiten en de slaven, die lang op een ontmoeting met Mohammad hadden gewacht, gingen op weg naar de Safaberg.

48 MOHAMMAD OP DE SAFABERG

Honderden mensen maakten de beklimming. En daar stond Mohammad op de top met een koperen buis in zijn hand waardoor hij sprak.

Nu het licht was, zag ik het beter. Mohammad had een lang arabierenhemd aan, maar hij had geen katoenen lap om zijn hoofd gebonden. Zijn haar hing los, het was lang, het reikte tot aan zijn schouders, en was nog steeds zwart, maar zijn baard was grijs geworden. Nu hij op die verhoging stond, straalde hij meer macht uit en leek hij op een echte boodschapper.

Hij richtte zich tot de mensen.

'Inwoners van Mekka! Als ik zeg dat zich hier achter deze berg een leger schuilhoudt dat de stad wil binnenvallen, geloven jullie me dan of geloven jullie me dan niet?'

Niemand reageerde, iedereen keek stil naar hem.

'Namens Allah richt ik me tot jullie.

Jullie:

De stam van Abdol Motaleb!

De stam van Abdol Manaf!

De stam van Bani Zohre!

De stam van Bani Tamim!

De stam van Bani Magzoem!

De stam van Bani Asad!

Weet!

Allah heeft me de opdracht gegeven om jullie te

waarschuwen voor een grote straf die jullie wacht.

Zweer de afgoden af en dien Allah.

Zeg: "La ilaha ella Allah."

Alleen dat. Verder vraag ik niets.

Ik ben slechts een boodschapper.

Van Allah heb ik de opdracht gekregen om jullie hier bij elkaar te roepen om het volgende te zeggen: "Een machtig leger, het leger van Allah, staat achter deze berg om jullie te straffen voor wat jullie met jullie slaven doen, voor wat jullie met jullie vrouwen doen, voor wat jullie met jullie pasgeboren dochtertjes doen."

Ik moet jullie zeggen: "Jullie afgoden zijn niets. Het zijn machteloze stenen. Keer ze de rug toe. Met de steun van Allah zal ik ze allemaal met een hamer kapotmaken en weggooien. Daarna veeg ik de vloer van de Kaabé schoon voor Allah.""

Het werd een chaos op de berg. In de geschiedenis van de Arabische wereld had tot nu toe niemand in het openbaar zulke harde, beledigende woorden over de afgoden gesproken. Hoe durfde Mohammad zich zo grof te uiten over de oude goden van hun voorvaderen?

Sommigen waren razend, wilden Mohammad te lijf gaan, maar dat mocht niet. Het was het offerfeest en je mocht niemand slaan.

De jongeren genoten van de spanning, de hoop schitterde in hun ogen door de verfrissende woorden van Mohammad: 'Vergeet de afgoden! Richt je tot Allah, de Maker van de appel!'

Er werd druk gediscussieerd. Sommigen vonden het

bedrog, anderen dachten dat Mohammad inderdaad een gevaar was geworden. Weer anderen voelden zich opgelucht.

Hoop fonkelde in de ogen van de slaven: 'O, wat een dag.'

Opeens verscheen een groep ordebewakers op muilezels. Ze trokken hun zwaarden en gingen op zoek naar Mohammad.

'Schaam je! Vandaag is het offerfeest', riepen de vrouwen.

Maar de agenten hadden van Aboe Lahab opdracht gekregen om Mohammad te arresteren voor de onrust die hij had veroorzaakt tijdens het heilige feest.

Ze vonden hem niet, want Omar had hem onmiddellijk te paard in veiligheid gebracht.

49 DJAHID, DE DICHTER

Mohammad had nu al behoorlijk wat teksten geproduceerd. En hij kwam nog steeds met nieuwe soera's.

De volgelingen leerden zijn proza uit het hoofd, sneden de teksten in hout en kamelenbotten en namen ze overal mee naartoe.

Vrouwen en slaven aanvaardden deze koranteksten als de woorden van Allah die rechtstreeks uit de hemel kwamen, maar dichters en geleerden gingen anders om met Mohammads 'verzinsels'. De gevestigde dichters van Mekka wilden eerst niets van Mohammad weten. Maar nu hij met zijn volgelingen alom in de stad aanwezig was en elke keer weer op een krukje ging staan om een nieuwe tekst te openbaren, voelden deze dichters zich steeds meer onder druk gezet om hun mening over de koranteksten van Mohammad te uiten:

'Niet slecht.'

'Zijn taal is erg krom.'

'Hij dicht niet, hij bedrijft politiek.'

'Hij is een dief. Hij pleegt plagiaat. Steelt de verhalen van de Tora.'

'De profeet van de vrouwen. Hij bedriegt hen.'

Tijdens mijn worsteling met de teksten van de Koran heb ik iets eigenaardigs ontdekt. Mohammad kon machtige zinnen bedenken en je kreeg kippenvel van zijn woorden. Maar zijn denkwijze was chaotisch. Hij kon geen structuur aan zijn vertellingen geven. Dat heb ik voor hem gedaan in zijn Koran. Mohammad kon niet chronologisch denken. Zijn gedachten sprongen van het ene onderwerp naar het andere.

Het heeft mijn werk makkelijker gemaakt. Niemand weet iets over mijn werkwijze. Moge Allah Zijn dienaar Zeeëd belonen voor de ferme aanpak.

Tijdens een poëzienacht in de woestijn raakte ik in gesprek met de taalkenner Djahid bén Ghasem. We maakten een wandeling onder de zwartblauwe lucht vol sterren. En ik vertelde hem over de chaos in Mohammads teksten. Djahid zei iets waar ik nooit aan gedacht had. Opeens voelde ik me klein toen hij zijn sublieme visie uiteenzette.

'Zeeëd, je vergist je', zei Djahid. 'Ik zie geen chaos in zijn taal, maar een nieuwe beweging in de Arabische taal. Ik vergelijk zijn proza met dadeltrossen die hoog in de bomen hangen. Mohammad vertelt over iets, maar hij breekt halverwege zijn onderwerp af en praat verder over iets anders. Precies als een tros dadels die zich vertakt, maar toch compleet blijft en een eenheid vormt.'

Ik had deze visie niet verwacht en vroeg: 'Hoe bedoel je een eenheid? Geef me een voorbeeld.'

Djahid dacht even na en zei: 'Neem het hoofdstuk "De tafel". Hij begint met het vee, dan schakelt hij over naar de drie-eenheid, dan spreekt hij over de wijn, dan praat hij over gokken, dan schuift hij Maria naar voren, dan rekent hij met de joden af, dan gaat hij het paradijs binnen, dan loopt hij naar de hel en keert dan weer terug naar de tafel, naar Jezus. Allemaal zijn het de takjes van een tros.'

Ik zweeg.

50 ADNAN ELMAKI, DE BOEKBINDER

Laatst heb ik een dichter leren kennen, Adnan Elmaki, een man van tegen de veertig. Ik had hem in een kring van Mekkaanse dichters horen spreken. Op een subtiele manier leverde hij kritiek op de Koran. Ik merkte dat hij meer te zeggen had, maar dat hij het niet in het openbaar durfde. Ik wachtte op een goed moment om hem op te zoeken. Ik vond hem achter de toonbank van een boekbinderij. Het was zijn eigen bedrijf en er werkten zo'n vijftig mannen voor hem die teksten op perkament zetten, teksten versierden, het perkament sneden.

Elmaki herkende me van de dichtersbijeenkomst, maar wist niet wie ik was. Ik bond het leidsel van mijn paard om de boom naast zijn winkel, liep naar hem toe en groette hem.

Hij dacht dat ik voor een bestelling kwam, maar ik zei dat zijn toespraak me geboeid had. Ik vroeg of ik hem voor het middageten mocht uitnodigen op de markt.

'Mag ik weten wie me uit eten vraagt?' zei Elmaki.

'Zeeëd is mijn naam en ik schrijf.'

'Waar schrijf je over, Zeeëd?' vroeg Elmaki.

'Ik ben de samensteller van de Koran. Ik ben de kroniekschrijver van Mohammad.'

Toen hij dit hoorde, leek hij getroffen door bliksem. Een moment lang staarde hij me aan als een versteende man. Verder werd er geen woord tussen ons gewisseld. Hij trok zijn jas aan en we gingen samen eten, zo vertrouwd alsof we oude vrienden waren.

Bij eetcafé De Olijf namen we plaats op een rustbank onder de oude boom.

Na wat heen en weer gepraat zei hij: 'Ik heb een fundamenteel probleem met de Allah van Mohammad in de Koran. Hij stoort me. Hij heeft het voortdurend over zichzelf. Het is een egoïstische Allah, een zelfgenoegzame Schepper. Hij wil steeds geprezen worden: "Loof Me! Buig voor Me! Aanbid Me dag en nacht! Kniel voor Me! Smeek Me! Doe je dat niet, dan verbrand Ik je! Giet Ik kokend koper over je heen!" Hij vraagt zo veel aandacht, het lijkt alsof Hij een eeuwig tekort aan aandacht heeft. Altijd Ik, Ik, Ik en nogmaals Ik. En Hij wil niet ophouden.'

Ik reageerde niet op zijn beweringen, het was mijn taak niet. Mijn plicht is om de meningen van anderen over Mohammad op papier te zetten. Maar ik mocht Elmaki en ik glimlachte toen hij vrijuit sprak over Allah en Mohammad.

'De Allah van Mohammad beweert overal in de Koran dat Hij de mens in haast geschapen heeft. Hij benadrukt dat Zijn schepsel zwak is. Hij geeft toe dat Zijn lievelingscreatie kwetsbaar en beperkt is. Niettemin neemt Hij wraak op de mens wanneer die moeilijk te doorgronden begrippen als "Allah" niet begrijpen kan.

Hij plaatst Zijn mens in een onmenselijke positie. Hij stuurt Mohammad als Zijn gezant en Hij geeft hem geen bewijs mee, geen wonder. En Hij verwacht dat iedereen Zijn boodschapper aanvaardt. Waarom maakte Hij het Mohammad zo moeilijk? Met een bewijs was al die drukdoenerij nooit nodig geweest.

O, o, o, ik heb een hekel aan Zijn dreigementen. Vooral aan Zijn hel. Hij laat de mensen verbranden. Hij laat hen ondersteboven hangen. Terwijl Hijzelf de mens zo zwak gecreëerd heeft.'

Het eten smaakte met Elmaki; in tegenstelling tot velen had hij de Koran gelezen, en hij had hem goed gelezen.

'Ik mocht Mohammad toen hij leefde', zei hij. 'En dat gevoel is nog sterker geworden nu hij dood is. Ik bewonder hem om zijn fantasie. Het is nog altijd de vraag hoe het kan dat hij met zo veel vreemde ideeën de wereld wist te veranderen. Hij beweerde dat hij een boodschapper was die in de rij van de profeten Ibrahim, Ismaiel, Mozes en Jezus thuishoorde. Hij beweerde dat de God van Jezus en Allah gelijk zijn, maar hij wist dat dat niet waar was.

Mohammad werd er ziek van als de priesters een kruisteken sloegen.

Allah heeft meteen de heilige drie-eenheid van de Bijbel van tafel geveegd.

In de Koran staat wel duizend keer vermeld: "Allah is Eén. Hij is niet verwekt. En Hij verwekt niet." Allah heeft dus geen Zoon. Wie anders beweert, krijgt gesmolten ijzer in zijn mond gegoten. Mohammad is een aardse profeet. Een mooie mens, die de boodschapper van zijn zelf verzonnen Allah is.

Mohammad is hard, gebakken in de felle zon.

Hij zegt: "Als je een klap krijgt, sla met alle kracht terug!"

Mohammad houdt van vrouwen, vooral van jonge vrouwen, maar Jezus toont zelden lust naar vrouwen. Het valt diep te betwijfelen of hij ooit een vrouw gekust heeft, maar Mohammad heeft vele vrouwen met huid en haar verslonden. Mohammad is een proever, een genieter, maar Jezus lijdt pijn.

Allah schaamt zich voor Maria. Hoe is zij plots zwanger geraakt uit het niets? Ik moet zo lachen als ik de soera "Maria" lees. Allah stuurt Ghabriël als knappe heer naar de aarde om de fout van God te corrigeren. Ghabriël verleidt Maria achter de dadelbomen en maakt haar zwanger.

De God van Jezus heeft niets met Allah te maken.

God staat deze tekst toe in het Oude Testament:

"Zie, gij zijt schoon: uwe oogen
Zijn duivenogen tussen uwe vlechten.
Uw tanden zijn als een kudde schapen die geschoren zijn.
Uw lippen zijn als een scharlaken snoer.
En uw twee borsten zijn gelijk twee welpen die onder de leliën weiden."
Heerlijk, maar Allah zal deze pagina verscheuren, en in elkaar frommelen en weggooien: "Obsceen!""

Het was een genot om met de dichter Adnan Elmaki tussen de middag onder een oude olijfboom te eten.

51 HASAN BÉN HADI, DE STERRENKUNDIGE

Het is niet zo dat ik alleen bij Mohammads bewonderaars langsging, ik ging ook langs bij degenen die een heel ander beeld van hem, zijn Koran en zijn Allah hadden. Sommigen van hen vonden hem een leugenaar, anderen vonden hem fantasierijk.

Ik bezocht de sterrenkundige Hassan bén Hadi bén Ibrahim. Hij woonde buiten Mekka in een bijzonder gebouw met een donkerblauwe koepel die het dak van de hemel symboliseerde. Hij bestudeerde daar met zijn leerlingen de zon, de maan en de sterren.

Hij was voorzichtig en moedig tegelijk: 'Ik zeg niet dat Mohammad loog. Hij was eerder onwetend. En dat straalde ook af op Allah. Mohammad begreep niet hoe de wereld in elkaar zat. Wat hij zei was onjuist.

Ik begrijp ook niet hoe de wereld in elkaar zit, maar ik hou mijn mond. Ik kijk en zwijg.

Mohammad praatte met overtuiging over de zon, over de maan en over de schaduwen. Maar hij zag het allemaal verkeerd. Hij meende dat de schaduwen zich bogen voor Allah. Fout. Hij kon geen verband leggen tussen de zon, de boom en de schaduw. Hij zag ze allemaal als op zich staande elementen. Onjuist. En hij zegt overal in zijn vertellingen: "Allah is alwetend."

Maar de Allah van Mohammad is onwetend!

Hij zegt: "De hemel staat op pilaren."
Hoe komt hij daarbij? Welke pilaren? Waarom komen mijn leerlingen die pilaren niet tegen bij hun observaties? Wederom onjuist. Jouw meester was onwetend, Zeeëd. Zijn Allah ook.'

Toen ik mijn paard uit de stal haalde, riep Hassan bén Hadi me nog na: 'Zeeëd! Maar ik bewonder je meester. Het is een mirakel dat hij met zo veel onwetendheid toch een Boek voortbracht waarmee de wereldkaart kon veranderen.'

52 TALHÉ, DE SMID

In het zesde jaar van zijn missie was Mohammad de echte confrontatie aangegaan. De Raad van Mekka zag hem nu als een acuut gevaar. De ordebewakers sloegen de volgelingen van Mohammad in elkaar waar ze hen ook tegenkwamen.

Vooral de slaven werden slachtoffer van deze nieuwe golf van geweld. Als de ordebewakers erachter kwamen dat een slaaf van de boerderij van zijn baas gevlucht was en zich had aangesloten bij Mohammad, gingen ze naar hem op zoek en dan pakten ze hem hardhandig aan.

De straten van Mekka waren het strijdperk geworden van confrontaties tussen ordebewakers en volgelingen van Mohammad. De agenten sloegen hen met hun lange stokken. Maar de volgelingen hadden nog geen toestemming van Mohammad gekregen om terug te slaan. Ze mochten zich slechts met de blote hand verdedigen.

Om die woelige tijd nauwkeurig te kunnen beschrijven, ging ik op zoek naar Talhé. Hij was de persoon die plannen bedacht om de volgelingen te beschermen tegen het geweld. Talhé was een jonge, getalenteerde Arabier, slim en sluw. Na de actie op de Safaberg kon hij zijn ware kwaliteiten laten zien. Later werd hij in Medina een van de grootste krijgsheren van het islamitisch leger.

Ik herinner me nog precies de dag waarop hij zich bij Mohammad aanmeldde. Het is een kwart eeuw geleden.

Er werd geklopt. Ik keek door het luikje. Er stond een

knappe jongeman met zwarte ogen, gekamd haar, een mooie katoenen jas en een dolk onder zijn riem.

'Mijn naam is Talhé. Ik kom voor Mohammad de boodschapper.'

Eerst herkende ik hem niet, maar toen zag ik dat het de smid Talhé was.

'Als u even wacht', zei ik.

Ik rende naar de kamer van Mohammad: 'Talhé staat voor de deur.'

'Welke Talhé?'

'Talhé, de bekendste paardenhoefsmid van Mekka.'

'Wat wil hij?' vroeg Mohammad.

'Hij wil met de boodschapper praten, zegt hij.'

Mohammad glimlachte: 'Breng hem.'

Ik begeleidde Talhé naar Mohammad. Vrolijk stak Mohammad zijn hand uit en zei: 'Talhé de smid. De man die duizenden hoeven van onze toekomstige paarden gaat beslaan.'

Zwijgend boog Talhé zijn hoofd en drukte Mohammads hand met zijn beide handen.

'Thee!' riep Mohammad.

Ik snelde naar de keuken en beval de hoofdbediende: 'Twee thee in glazen met gouden randjes. En een bordje verse dadels op een zilveren blad.'

Ik bracht zelf de thee naar de kamer. En zoals gewoonlijk bood ik eerst de gast wat aan. Ik zette de thee van Mohammad op zijn tafel en bleef op een afstand stil achter hem staan.

Talhé had Mohammad vaak op de markt gehoord. Hij had diens teksten thuis bewaard.

‘Ik kan niet meer slapen,’ zei Talhé, ‘onophoudelijk zegt iemand uw woorden op in mijn hoofd.’
En hij reciteerde een korte tekst:

‘Wanneer de zon donker wordt
Wanneer de sterren worden gedoofd
Wanneer de bergen in beweging komen

En wanneer de tien maanden zwangere, geliefde kamelen aan zichzelf worden overgelaten
En wanneer de beesten bij elkaar worden geroepen
En wanneer de zeeën worden leeggemaakt
En wanneer aan het levend begraven meisje wordt gevraagd waarom ze haar gedood hebben
En wanneer de hemel in stukken gescheurd wordt
Zweer ik bij de sterren die een voor een in het donker verdwijnen
En bij de nacht wanneer hij ophoudt
En bij de morgen wanneer hij aanbreekt
Dit is het woord van een dierbare boodschapper.
En hij is niet gek.’

Vervolgens knielde Talhé voor Mohammad en hij zei: ‘Ik getuig dat Mohammad een dierbare boodschapper is.’
Zo sloot Talhé zich aan bij Mohammad en hij werd een van zijn belangrijkste volgelingen. Hij was de man die alles mogelijk maakte. Niets meer, niets minder. Ik ging op zoek naar deze Talhé om hem het woord te geven.

53 EEN BLIKSEMACTIE IN DE KAABÉ

Talhé ontving me in zijn huis. Hij was oud geworden. Hij vocht niet meer aan het front, maar was de grote oorlogsadviseur van Osman, de derde kalief.

Zijn huis leek op een kasteel en hij verplaatste zich in een koets met vier paarden die schitterde als een grote klomp goud in de felle zon van Mekka. Er reed altijd een stoet ruiters met koninklijke paarden voor zijn koets uit en een stoet ruiters erachter.

Ik werd door de chef van de bewakers van zijn huis binnengehaald.

Talhé opende zijn armen en omhelsde me: 'Zeeëd! Oude vriend. Wat een geluk om je te zien. Hoe komt het dat je opeens langs wilde komen?'

'Mohammad is heengegaan. Ik nog niet,' zei ik, 'ik moet nog een grote daad verrichten voordat ik hem volg.'

'Vertel,' zei hij en hij nam me mee naar zijn eigen vertrek en bood me een plek aan op een rustbank bedekt met kussens. De bediende bracht fruit, lekkernijen en drank.

'Talhé, weet je nog wat er gebeurde toen je je smederij verlaten had en je bij Mohammads beweging aansloot?'

'Het was een mooie tijd. Ik was jong, bevlogen en zoekende. Mohammad brandde als een fakkel in de nacht. Zijn vertellingen hielden me al een tijd bezig,' zei Talhé. 'Mohammads woorden hielden me van mijn werk. Ik legde mijn smeedhamer neer en ging op zoek naar hem. Na die eerste ontmoeting had ik een gesprek onder vier ogen met hem. Hij zei: "Onze volgelingen zijn erg kwetsbaar, ze zijn bang geworden van al het geweld. Vooral de slaven zijn bang voor de wraak op hun familie. We moeten onze acties anders opzetten. We hebben een paar snelle mannen nodig die bliksemacties kunnen uitvoeren en snel kunnen vluchten. Die acties moeten op belangrijke plekken plaatsvinden. Er moet snel gehandeld worden, zodat de ordebewakers ze niet te pakken krijgen. Kun jij daarvoor zorgen?"

Ik dacht even na en zei toen: "Ik regel het."

Zo kreeg ik twaalf mannen onder me en samen maakten we plannen. Voor de eerste actie koos ik de Kaabé. Naast de afgoden, een plek waar geen bewaker mocht komen.

Het idee had ik eerst met Mohammad besproken en hij keurde het glimlachend goed.

We kozen voor een vrijdagmiddag, omdat de mensen dan gewoonlijk naar de Kaabé gingen.

Wij, mijn twaalf mannen en ik, hadden lichte kamelenschoenen en wijde witte broeken aan. We gingen verspreid de Kaabé binnen. Vanaf mijn kindertijd al ging ik met mijn vader mee en brachten we offers: geslachte geiten, eten, kruiden, goud en fijne stoffen. En we brandden kaarsen en knielden voor de afgod van onze stam. Het was altijd druk, en het rook er altijd heerlijk naar gewijde kruiden. De verschillende stamleden neurieden voor hun eigen afgoden. Het maakte een ongelofelijke indruk op mij. Vooral de grote afgoden die met goud, parels en satijn versierd waren. Maar nu ik met mijn mannen binnen was, zag ik alles opeens anders. Ik riep mijn groep bij elkaar en we begonnen onaangekondigd een korte soera uit de Koran op te zeggen:

"Allaho samad
Lam jalad
Wa lam joelad
Wa lam …
Zeg: 'Allah is Eén.
Allah is eeuwig.
Hij is niet verwekt en Hij verwekt niet.
En er is niemand aan Hem gelijk."

En onmiddellijk daarna doken we weer onder in de massa. Iedereen schrok van deze bliksemactie die de heilige stilte in de Kaabé verbroken had.

Maar men was nog niet van de schrik bekomen, toen we weer bij elkaar kwamen en in koor riepen:

"Alrahmano rahim
Malekel joemedin …
Allah is groot
Allah is vergevend
Allah is de Koning van het heelal
Allah is de Maker van de sterren."

Niemand wist wat te doen. Sinds mensenheugenis, sinds de tijd waarin de profeet Ibrahim de eerste hoeksteen van de Kaabé gelegd had, had niemand hardop in de Kaabé gepraat. Er was iets gebeurd wat men niet kon bevatten. Ontgoocheld keken de mensen elkaar aan. En geen ordebewaker durfde zijn voet op die heilige plaats te zetten.

Zo traden we nog een keer op voordat we een voor een verdwenen, zonder dat iemand erachter kon komen wie we waren.

Het nieuws deed Mekka op zijn grondvesten trillen: "De mannen van Mohammad riepen 'Allah' in de Kaabé.'"

54 GESLEPEN STOKKEN

'Deze nieuwe methode werkte goed, ze sprak de jongeren aan,' zei Talhé, 'maar wekte tegelijkertijd agressie bij de gezagsdragers van de stad. Zij reageerden als aangevallen beesten.

Mohammad was de Mohammad van vroeger niet meer. Hij durfde zijn zachtaardige melancholische woorden opzij te schuiven en met harde woorden te spreken. Omringd door zijn aanhang hield hij vurige toespraken tegen de machthebbers en spoorde mensen aan om in opstand te komen. Maar er was één probleem. Mohammad twijfelde nog aan de noodzaak om wapens te gebruiken.

Daarom ging ik met Omar praten: "Mohammad moet ons toestemming geven om hard terug te slaan, anders verliest hij zijn aanhang. De verdedigingsmethode heeft haar tijd gehad, het geweld is nu naar binnen gekeerd en maakt ons van binnen kapot. De volgelingen zijn zo kwaad op de ordebewakers en de ingehuurde bandieten die ons slaan dat ze niet meer kunnen functioneren."

Omar antwoordde: "Ik weet het. Ik heb het ook gezegd, maar we moeten geduld hebben. Mohammad heeft nog geen toestemming van Allah ontvangen om geweld te gebruiken. Geduld. Toon geduld."

Diep in zijn hart hoopte Mohammad nog dat hij op een vreedzame manier de Kaabé van de afgoden zou kunnen ontdoen en dat hij hem als huis voor Allah zou kunnen gebruiken.

Er gebeurde echter iets anders. Twee dagen na mijn gesprek met Omar werden we op het plein van de Kaabé bij elkaar geroepen. Mohammad ging op het krukje staan. Bedaard keek hij eerst naar zijn volgelingen, daarna richtte hij zijn wijsvinger naar het venster van de Raad van Mekka en riep: "Vannacht is me een nieuwe opdracht geopenbaard. Allah heeft me toestemming gegeven om hard terug te slaan. Ik heb jullie gewaarschuwd. Heden sla ik met alle kracht terug."

Omar verscheen met drie kamelen beladen met geslepen stokken.

Ik hielp hem de kamelen te lossen. Daarna overhandigde Mohammad iedereen een stok. In een oogwenk vond er een metamorfose plaats. De onschuldige aanhang van Mohammad werd een gewapende militie. Zo werd het fundament van Mohammads leger gelegd.

Er brak een nieuwe fase aan. De straten van Mekka werden het toneel van harde gevechten tussen de milities van Mohammad en de ordebewakers en ingehuurde bandieten. De volgelingen van Mohammad vochten krachtig terug.

Het waren onvergetelijke dagen en nachten. Mohammad sloeg ongenadig en met alle kracht met een stok op de rug van de chef van de ordebewakers en Omar zat achter de bandieten aan.

Het waren beslissende dagen, mooie dagen. Je voelde dat we bezig waren om de piramide van de macht in Mekka af te breken.

Mekka dacht diep na en de aanhang van Mohammad groeide met de dag.'

Toen Talhé uitgesproken was, maakten we een wandeling door zijn tuin. Het was geen gewone tuin, volgens mij had hij, geïnspireerd door de teksten van Mohammad, een stukje van het paradijs laten maken. Toen we met z'n tweeën in de schaduw van de bomen langs de geurige bloemen wandelden, schoten me enkele verzen van de Koran te binnen:

'De eerstgekomenen zijn het eerst gekomen
In de tuinen van het geluk
Rustend op juwelen rustbanken
En er zijn gezellinnen met sprekende grote ogen
Die als welbewaarde parels zijn
Ze gaan bij hen rond
Met kruiden
En drinkbekers gevuld met wijn
Waarvan ze geen hoofdpijn krijgen
Waarvan ze niet beneveld raken
En vruchten die ze uitkiezen
En vlees van gevogelte.'

55 EEN NIEUWE ORDE

Mohammad had besloten alles op alles te zetten om de hiërarchie van de macht af te breken.

Het gezag van Mekka voelde deze bedreiging.

In zijn teksten stelde Mohammad een nieuwe volgorde van de macht op.

- Allah
- De profeet
- De gelovigen
- De christenen
- De joden
- De ongelovigen

Hij kwam elke dag met nieuwe, baanbrekende wetten voor de inwoners van Mekka:

- De vrouwen erven de helft van wat de mannen erven. (De mannen schrokken van deze regeling. Vrouwen, die eerder nooit iets erfden, hadden plots het recht op hun vermogen.)
- Voor Allah zijn mannen, vrouwen, grote handelaren, slaven en slavinnen allemaal gelijk. Wie betere daden verricht, komt dichter bij Allah te staan.
- Iedereen schenkt een vijfde van zijn inkomsten als giften, de giften van Allah.
- Als een slaaf of slavin de vrijheid opeist, laat hem of haar dan vrij; je mag deze vrijheidskosten van je giften van Allah aftrekken.

- Help je slaven en slavinnen te trouwen als ze geen geld hebben.
- Laat je vrouw niet in de steek als ze oud is geworden.
- Je mag alleen met je eigen vrouwen en slavinnen naar bed, andere vrouwen zijn verboden voor je.

In de straten van Mekka werd hevig gevochten. De machthebbers konden niet meer rustig slapen. Zo kon het niet langer doorgaan. Er moest iets gebeuren. Er moest een einde komen aan de onrust die Mohammad veroorzaakt had.

En er gebeurde wat niet gebeuren mocht. De Raad van Mekka nam een definitief besluit. Het moest afgelopen zijn, het was nu of nooit. Ze besloten Mohammad en zijn volgelingen uit Mekka te verbannen. Tot grote verbazing van alle stadsbewoners werd er een nieuwe wet geschreven op een groot perkament van kamelenhuid, dat aan de wand van de Kaabé gehangen werd:

Uit de naam van Ozzat, de belangrijkste God van de Kaabé, neemt de Raad van Mekka de volgende wet aan:
- Het is verboden om met Mohammad en zijn volgelingen te handelen
- Het is verboden om hun een slaapplek te geven
- Het is verboden om hun voedsel te geven of te verkopen
- Het is verboden hun een vrouw te geven of een vrouw van hen te nemen
- Mohammad en zijn aanhang dienen binnen een etmaal de stad te verlaten

- Wie geen gehoor geeft aan deze wetten, wordt als aanhanger van Mohammad behandeld.

Het was vrijdag, midden op de dag en de mensen stonden met open mond naar het perkament te kijken. Zelfs de oudste mannen van Mekka konden zich niet herinneren dat ooit iemand op die manier de stad was uitgezet.

56 TANTE SOFAJE

Het advies van Mohammad aan zijn volgelingen was meteen duidelijk: 'Vrees niet. Niemand hoeft de stad te verlaten. Blijf voorlopig thuis.'

De volgelingen bleven thuis, maar zo simpel bleek het niet te zijn. Gedurende een maand was er niets te klagen, maar zodra hun brood, vlees en bonen opraakten, konden ze de vragen van hun kinderen, vrouwen en ouders niet meer met vage antwoorden ontwijken.

Niemand durfde iets aan hen te verkopen en niemand durfde in hun buurt te komen.

In deze moeilijke tijden bezocht Mohammad zijn volgelingen in het donker. Vooral degenen die een gezin hadden. Hij nam lekkernijen voor hun kinderen mee. Hij had altijd veel plezier met hen.

Ik, Zeeëd, heb een paar mooie herinneringen uit die tijd.

Op een nacht gingen we bij de zwarte slaaf Zobier langs. Hij had toen één zoontje, dat Omir heette. Deze Zobier woonde in die tijd in een schuur met zijn vader, moeder, vrouw en zoontje. Tegenwoordig woont hij in een mooi huis in het centrum van Mekka.

Helaas verloor Zobier beide benen in een van de vele oorlogen van Mohammad in Medina. Hij is nu grootvader van drieëntwintig kleinkinderen en heeft een behoorlijk goed leven. Hij verplaatst zich met een soort wagen die speciaal voor hem is gemaakt.

Ik ging bij hem langs en vroeg of hij wilde vertellen over de avond dat Mohammad bij hem langs kwam.

'O, die avond,' zei Zobier, 'het is al lang geleden, maar zijn onverwachte bezoek schittert nog altijd als een lampje in mijn gedachten. Het waren moeilijke dagen en sombere nachten. Mijn ouders waren oud, Omir was een jaar of vier en we hadden niets meer te eten. Mijn vrouw was ontslagen op de boerderij waar ze werkte en niemand durfde met ons te praten. Ik stond machteloos.

Op een nacht werd er onverwachts geklopt en Mohammad kwam binnen, samen met jou, Zeeëd. Jullie brachten een zak brood en vlees mee.

De aanwezigheid van Mohammad ervoer ik als een lichtgevende lantaarn in onze donkere nacht.

Natuurlijk waren we dankbaar dat hij brood en vlees voor ons had meegenomen, maar hij deed ook iets liefs.

Mijn zoontje Omir had een vogel die Novir heette en hij hield van het dier. Net op die avond was Novir dood neergevallen. Mohammad zag dat Omir verdrietig tegen de muur stond. Ik vertelde Mohammad dat Novir dood was. Mohammad knielde neer voor Omir en fluisterde: "Zeg, Omir, wat deed die Novir?"

Door zijn grappige manier van praten barstte Omir in lachen uit. Elke keer als Mohammad Omir daarna ergens tegenkwam, riep hij: "Zeg, Omir, wat deed die Novir?" en dan lachten ze allebei.'

Het waren inderdaad moeilijke dagen en sombere nachten. Mohammad, Aboebakar, Omar en Osman gingen elke nacht afzonderlijk bij de volgelingen langs. Ze praatten met hen en bereidden hen voor op de moeilijke periode die nog zou volgen.

Het leven wilde Mohammad op de proef stellen. Alle ogen waren op hem gericht. Zou hij het volhouden of zou hij breken?

Ik zag dat hij onder die moeilijke omstandigheden groeide van een opstandeling naar een leider. Hij had controle over alles en straalde hoop uit.

Op een dag kwam zijn bejaarde tante Sofaje langs. Ik nam haar bij haar arm en leidde haar naar Mohammad.

'Tante Sofaje, wat een aangename verrassing. Komt u om u als volgeling aan te melden of hebt u brood en vlees voor ons meegenomen?' vroeg hij lachend en hij kuste haar hand.

'Mohammad, ik heb brood voor je meegenomen, maar op één voorwaarde,' zei tante Sofaje met een dreigende vinger. 'Je mag nooit vergeten dat ik je tante ben, en ik heb je goed behandeld toen je nog een kind was, ik heb je melk uit mijn eigen borsten gegeven. Wil je nu iets voor mij doen, nu je mijn brood nodig hebt?'

'Graag, maar wat?' zei Mohammad glimlachend.

'Wil je aan jouw Allah vragen om me een mooie plek te geven in Zijn paradijs?'

Mohammad antwoordde ernstig: 'Neem me niet kwalijk, tante Sofaje. Bejaarde vrouwen worden niet toegelaten tot het paradijs.'

'Geef me dan mijn brood maar terug,' zei tante Sofaje teleurgesteld en ze pakte haar wandelstok om weer te gaan.

'Want', zei Mohammad, 'bejaarde vrouwen worden eerst weer jong en mooi gemaakt. Daarna worden ze pas op handen van knappe jongemannen naar het paradijs gebracht. Ik zal zeker iets voor u regelen, tante Sofaje.'

57 NAAR DE VALLEI SHOEIB

Een ware hongersnood hing de volgelingen boven het hoofd. Gedurende vier maanden hadden ze stevig weerstand kunnen bieden. Onder leiding van Osman en met steun van Ghadidje was er een clandestien comité opgericht dat in het geheim voedsel verzamelde en dat naar de volgelingen stuurde. Maar hun netwerk werd ontdekt door de Raad en kon toen niet meer functioneren.

De directe familieleden van Mohammad bleven hem van graan voorzien voor zijn volgelingen, maar de familie werd bedreigd met een handelsverbod voor hun stam als ze hun contacten met Mohammad niet zouden verbreken.

De Raad, die vreesde dat Mohammad het toch langer zou volhouden dan gedacht en op die manier de aangenomen wet krachteloos zou maken, besloot hem en zijn aanhang definitief de stad uit te zetten.

Omar en Osman waren ondergedoken, maar Aboebakar vertoonde zich vaak op de markt als het gezicht van de beweging. De Raad gaf opdracht Aboebakar te arresteren. Dus ook hij moest onderduiken. Men viel Mohammads woning binnen, maar hij woonde allang niet meer thuis. Hij had zich in het huis van oom Taleb verscholen, geen ordebewaker die het in zijn hoofd durfde te halen om daar naar binnen te gaan. En ik, Zeeëd, was zijn enige contact met de buitenwereld.

Mohammad was inmiddels mager geworden. Hij at niet goed en had haaruitval. Ik zag zijn haren overal op de grond liggen. Hij was boos op Allah. Hij was in conflict met Allah.

Hij zei het niet hardop, maar hij was diep teleurgesteld dat Allah hem in deze moeilijke tijden niet wilde helpen, dat Hij hem geen wonder liet verrichten. Zijn missie dreigde te mislukken en Allah deed niets.

Zijn volgelingen waren vogelvrij verklaard en Allah deed niets.

Zijn mannen moesten onderduiken en honger lijden en Allah deed niets.

Allah had alle oude profeten met een wonder geholpen toen het nodig was. Mozes gooide zijn wandelstok op de grond en die veranderde in een slang. Jezus pakte een dode vogel in zijn handen, bracht hem weer tot leven en liet hem wegvliegen.

Mohammad wilde ook iets dergelijks doen, iets om zijn mensen hoop te geven. Graag wilde hij tegen zijn aanhang roepen: 'Gooi jullie stokken op de grond!' En dan zouden al die stokken als slangen de Raad van Mekka achtervolgen.

Jezus had voor zijn volgelingen om voedsel gevraagd aan zijn God en er werd hem spijs uit de hemel gezonden.

Mohammad wilde van Allah ook brood voor zijn volgelingen. Maar Allah hoorde hem niet.

Ik hoorde Mohammad huilen in zijn schuilplaats. Op zulke momenten wachtte ik tot ik geroepen werd. Toen ik naar binnen ging, zag ik dat zijn ogen rood waren en zijn baard nat van de tranen.

'Het zijn moeilijke tijden, Zeeëd,' zei hij, 'maar wees niet verdrietig!'

Ik bleef stil als een standbeeld in de kamer staan.

'Heb geduld, Zeeëd!' zei hij.

Op een nacht zag ik dat hij met opgetrokken knieën als een gewond paard onder de deken gromde. Ik wist dat hij een nieuwe boodschap van Allah kreeg.

'Zeeëd!' riep hij benauwd.

Ik knielde en bracht mijn oor naar zijn mond.

'Ga gauw naar de schuilplaats van Aboebakar. Zeg hem dat ik een nieuwe boodschap heb gekregen. We verlaten de stad en gaan naar de vallei Shoeib.'

58 DE OPDRACHT AAN YASSER

De vallei Shoeib was een droge vallei met maar weinig bomen, omringd door grote rotsen.

Elke stam had daar een stuk grond, waar ze de warme zomers doorbrachten in de openlucht. Er waren geen zomerhuisjes of hutjes. De mensen sliepen in de grotten of in openingen tussen de rotsen.

Oom Taleb had Mohammad geadviseerd om naar Shoeib te gaan en voorlopig op de grond van hun stam te verblijven tot de rust in Mekka was teruggekeerd.

Maar het werd geen voorlopig verblijf, het duurde drie lange jaren. Drie verschrikkelijke jaren, waarin Mohammad verwoede pogingen deed om zijn volgelingen de moed niet te laten verliezen.

Onder leiding van Osman begonnen de mannen graan en groenten te planten. Een flinke jongeman die Yasser heette had in het geheim een persoonlijke opdracht van Omar gekregen om 's nachts een geit of kameel te stelen en te slachten.

Het lijkt wel een eeuw geleden dat we in die vallei woonden.

Gisteren ging ik op zoek naar Yasser. Ik zocht hem op in zijn militaire vesting buiten Mekka aan de weg naar de Rode Zee. Hij was destijds de chef van de bevoorrading van het leger.

Ik ging met mijn eigen paard, dat in vergelijking met

de paarden van de gewone mensen een vorstelijk rijdier was. De paarden die voor de vesting stonden waren nog sterkere, getrainde, elegante dieren die grote indruk op de vijand maakten.

'Zeeëd, je bent geen dag ouder geworden!' riep Yasser toen hij me in zijn werkruimte ontving. 'Vertel me je geheim. Wat doe je, wat eet je en waar houd jij je mee bezig, dat je zo eeuwig jong blijft?'

'Mohammad', zei ik glimlachend.

Yasser lachte om mijn antwoord. We praatten ernstig over die moeilijke jaren in Mekka en ik leidde het gesprek naar de vallei Shoeib en liet hem praten:

'Het waren belangrijke jaren. Je weet het, Zeeëd,' zei Yasser, 'we keken allemaal halsreikend naar Mohammad. Als hij bezweek, bezweken we allemaal. Hij deed alles om niet te hoeven knielen. Hij wandelde diep in de nacht in de bergen en praatte tegen zichzelf. We dachten dat hij misschien met een nieuwe opdracht van Allah terugkwam, maar daarvan was geen sprake. We waren allemaal mager geworden van de honger. We maakten vaak ruzie met elkaar.

Nu ik op die periode terugkijk, zie ik het als een belangrijke leerschool. We werden allemaal groot in die vallei. Omar heeft bijna de helft van de wereld veroverd, maar zonder die intense ervaring van de vallei Shoeib was het hem niet gelukt zover te komen. De zware jaren in de vallei maakten van ons harde, ervaren mannen die niet meer bang waren. We werden mannen van ijzer.

Ik zal mijn verhaal in één zin samenvatten: "De Shoeib veranderde de wereld."'

Het was plezierig om met Yasser over vroeger te praten. Toen ik afscheid nam en hij me naar mijn paard begeleidde, zei ik plagend: 'En jij was onze grote dief. Je stal geiten en kamelen. Zonder jouw gestolen vlees had Mohammad misschien niet de Kaabé kunnen veroveren.'

'Jij wist het dus', merkte Yasser lachend op. 'Ik dacht dat het een geheim tussen mij en Omar was. Dat ik mijn geheim in mijn graf zou meenemen.'

'Maar hoe kwam je aan die geiten en kamelen? En hoe was het mogelijk dat niemand erachter kwam dat de dief een van Mohammads volgelingen was?'

'Zeeëd, de kinderen in de vallei hadden honger. Er moest iets geregeld worden, anders konden ze het niet volhouden en zouden ze vertrekken. Op een nacht toen ik met Omar aan het wandelen was, stopte hij opeens op een rustige plek en zei: "Yasser, ik wil vlees voor de vrouwen en kinderen. Ik weet niet hoe, maar je gaat nu en je komt alleen terug als je vlees hebt. Het is een opdracht van boven. En het is een geheim dat je in je hart begraaft. Je stelt geen vragen en je legt niets uit. Ga! En breng vlees!"'

'Waar ging je die nacht op zoek naar een geit? En hoe kwam het dat je in de vroege morgen met een geslachte kameel terugkwam?'

'Zeeëd, als je verder niets weet, zal ik je verder niets vertellen', zei Yasser en hij hielp me in het zadel.

59 VERTELLEN OF ZWIJGEN?

Omar had tegen Yasser gezegd: 'Je stelt geen vragen en je legt niets uit.'

Wat mocht nu verteld worden en wat niet? Die vraag moest ik mezelf elke keer weer stellen.

Drie jaar ellende was lang genoeg geweest voor ons. Mohammad moest zelf iets ondernemen, nu Allah niets van zich wilde laten horen.

'Haal Aboebakar, Omar en Osman', zei Mohammad tegen mij.

Ik ging meteen naar hen op zoek. Het werd de laatste bijeenkomst in de vallei.

Ze zaten in de kleine grot waar ze zich altijd beraadden. Ik stak een kaars aan en plaatste die midden in hun kring op de grond, zodat hun schaduwen op de grotwanden vielen.

Mohammad keek naar Omar en zei: 'Heden, vanavond. En morgen is het afgelopen.'

Omar antwoordde: 'Vanavond, en morgen is het afgelopen.'

Omar kwam overeind en gebaarde naar mij: 'Jij gaat met mij mee!'

Ik wist niet waarnaartoe of waarover het ging. Ik volgde Omar en we daalden af naar de kom van de vallei waar een zwart paard gereedstond. Omar sprong erop en spoorde me aan achterop te springen. Met ongekende snelheid reden we richting Mekka.

Die bewuste avond was een geheim tussen Omar en mij. Omar is inmiddels omgebracht. Nu ben ik nog de enige die weet wat er die nacht gebeurd is. Mag ik het vertellen of niet? Dat is de vraag. Het gaat om vertrouwelijke gegevens waar alleen ik van afweet.

Ik heb er vaak over nagedacht, en ben tot de volgende conclusie gekomen: als Mohammad alles deed om Allah te introduceren, moet Zeeëd op zijn beurt alles doen om Mohammad te introduceren.

Maar intussen heb ik besloten dat mijn boek pas na mijn dood gelezen mag worden.

Omar kon het hele Perzische Rijk met zijn zwaard tot zwijgen dwingen, maar mij niet.

Zeeëd spreekt.

60 HET DAK VAN DE WERELD

Ik zat achter Omar op zijn paard en hij reed diep in de nacht naar Mekka, terwijl ik nog niet wist wat hij precies van plan was. De grote poort van de stad was dicht en werd bewaakt, maar Omar had alles geregeld. Hij bond het paard vast aan een boom, trok zijn zwarte sjaal over zijn hoofd en voorzichtig slopen we langs de muur naar een kleine deur. Hij klopte zachtjes en meteen deed een bewaker open. Hij was een van Mohammads heimelijke volgelingen die als spion voor ons werkte. Omar ging naar binnen en ik volgde hem. Behoedzaam liepen we via de donkere steegjes naar het centrum. Er was niemand op straat, je hoorde slechts af en toe een bewaker en soms passeerde er een wacht te paard.

Ik merkte dat Omar richting de Kaabé ging. Wat gaat hij daar doen? dacht ik bij mezelf, maar ik stelde geen vragen, ik wist dat ik hem zwijgend moest volgen.

De voorkant van de Kaabé was 's avonds verlicht met grote fakkels, maar gedurende de nacht bleef er maar één kleine fakkel branden. Er stonden twee bewakers in het zwakke licht met elkaar te praten.

Met een grote bocht bereikten we de achterkant van de Kaabé, waar het altijd donker en onbewaakt was. Het was bedwelmend om daar in de duisternis te zijn. Ik raakte de muur aan, kreeg kippenvel. Ik had even tijd nodig om me los te trekken uit de greep van de afgoden, van wie ik de aanwezigheid sterk voelde.

Omar haalde een mes tevoorschijn, gaf het aan mij en fluisterde: 'Je zet je voeten op mijn schouders en klimt op het dak. Eenmaal daar kruip je naar het perkament dat aan de muur hangt. Je snijdt de touwtjes door, rolt het perkament voorzichtig op en brengt het hier.'

Ik klom op de sterke schouders van Omar en stapte op het houten dak van de Kaabé. Met het scherpe mes tussen mijn tanden kroop ik naar het perkament. Wat een ervaring, ik dacht dat ik over het dak van de wereld kroop. Ik pakte een van de twee touwtjes, zette het mes erin en sneed het door. Weg met de wet die ons drie jaar lang in de vallei Shoeib gevangen had gehouden. Ik hield het touwtje vast en kroop naar het andere touwtje. Toen ik dat ook doorgesneden had, probeerde ik het perkament op te rollen, maar het was gedurende die drie jaar in de felle zon uitgedroogd. Het kon absoluut niet opgerold worden en begon in mijn handen uiteen te vallen. Dus vouwde ik het met moeite samen, kroop terug en reikte het Omar aan.

Die belevenis heb ik nooit kunnen vergeten. Toen ik de touwtjes doorsneed, voelde ik dat ik de touwtjes van de macht in Mekka doorsneed. En op het moment dat ik het samengevouwen perkament aan Omar gaf, wist ik dat een nieuw tijdperk was aangebroken. Niemand kon het tegenhouden.

Ik plaatste mijn voeten weer op de schouders van Omar en klom naar beneden. We gingen er onmiddellijk vandoor.

61 EEN BLIJDE BOODSCHAP

De zon was nog niet opgekomen toen we terugkwamen in de vallei waar Mohammad op ons stond te wachten.

'Volbracht', zei Omar.

'Haal Balal!' zei Mohammad tegen mij.

Ik vond Balal in de tuin die hij zorgvuldig met eigen handen tussen de rotsen gemaakt had om aardappelen en bieten te verbouwen.

'Kom. Mohammad wil je spreken', riep ik.

Hij ging met mij mee en Mohammad sprak hem onder vier ogen.

De zon was net opgekomen toen Balal op een verhoging ging staan en riep: 'Mensen, ik heb een blijde boodschap. Het is zover. We gaan allemaal terug naar Mekka. De strafwet is vernietigd. Allah heeft de mieren opdracht gegeven om het perkament op te vreten. We keren terug naar huis!'

Snel als de wind werd de boodschap door Mekka verspreid: 'Het perkament is verdwenen.'

'Gestolen.'

'De mieren, de termieten hebben het opgevreten.'

Iedereen haastte zich naar de Kaabé om te kijken of het waar was. En het was inderdaad waar, er hing geen strafperkament meer aan de wand.

'Wat zou er nu gebeuren? Zou Mohammad naar Mekka terugkeren?'

'Mohammad kennende komt hij onmiddellijk.'
'Het mag. Drie jaar verbanning is genoeg geweest.'

Al snel deden in de stad geruchten de ronde dat Mohammad met zijn volgelingen de vallei verlaten had en elk moment Mekka kon bereiken. Een mensenmassa verzamelde zich bij de stadspoort.

De zon stond recht boven Mekka toen de hongerige volgelingen van Mohammad met hun vrouwen en kinderen met getekende gezichten, kapotte kleren, lange haren en blote voeten de stad binnentrokken. Mohammad liep met rechte rug voorop. Zijn baard was helemaal grijs geworden. Hij keek niemand aan. Hij toonde een onbewogen gezicht, alsof hij een ijzeren masker op had waardoor niemand zijn emoties en zijn gedachten kon lezen.

De bewoners van Mekka stonden zwijgend naar hen te kijken. Niemand juichte, niemand riep 'donder op'. Het was volkomen stil. Je hoorde alleen de voetstappen van Mohammad en zijn volgelingen. En de ordebewakers hielden zich rustig op de achtergrond.

Mohammad had de volgelingen opdracht gegeven om allemaal naar hun eigen huis en familie te gaan en uit te rusten.

De vallei Shoeib behoorde nu tot het verleden. Mohammad was in gedachten al met iets anders bezig. Binnenkort zou hem een nieuwe soera geopenbaard worden.

62 SALUMA, DE BEDIENDE VAN GHADIDJE

Een paar maanden verstreken zonder dat er veel gebeurde. Het was rustig op straat en de volgelingen gingen als gewone burgers naar de markt, zonder enige opmerking over Mohammad en zijn Koran te maken.

Het leek alsof Mohammad zijn lesje had geleerd en van plan was zich op de achtergrond te houden. Iedereen beschouwde het als een tijd van bezinning. En niemand kon voorspellen dat Mohammad zich weer zou gaan roeren als vroeger.

Mohammad had inderdaad zijn aanhang opdracht gegeven om zich stil te houden en genoeg tijd te nemen om te herstellen. In werkelijkheid was er iets anders aan de hand. Het zware leven in de vallei eiste nu zijn tol.

Drie jaar geleden, toen Mohammad gedwongen de stad verliet, ging zijn bejaarde oom Taleb met hem mee uit protest tegen de beslissing van de Raad. En hij bleef Mohammad tot de laatste dag bijstaan in de vallei. Met zijn aanwezigheid beschermde hij Mohammad.

Terug in Mekka werd oom Taleb ziek en een maand later stierf hij.

Mohammad was nog niet van deze klap bekomen, toen ook zijn vrouw Ghadidje bezweek. Haar gezondheid was ernstig aangetast. Ghadidje had haar leven lang in welvaart gewoond en nooit een moeilijke periode in haar leven gekend. Ze was niet in staat geweest om als een boerin buiten tussen de rotsen te leven. Toch had ze het drie jaar volgehouden, maar toen ze weer op haar eigen bed lag, kon ze het niet meer verlaten.

Nu, decennia na haar dood, zocht ik naar een geschikte persoon die de laatste dagen van Ghadidje op haar sterfbed kon beschrijven. En ik dacht aan Saluma, de persoonlijke bediende van Ghadidje.

Saluma was een mooie jonge vrouw toen ze met Ghadidje naar de vallei trok.

Ze was zwart, had bruine ogen, kleine borsten, volle, goedgevormde lippen en een mooie beweging in haar billen als ze liep.

Toen ik Saluma weer zag, was ze totaal veranderd. Nu was ze een vrouw van tegen de vijftig.

Haar borsten waren groot geworden, haar machtige billen staken achteruit, haar ogen hadden hun opmerkelijke licht verloren. Ze had tien kinderen gebaard en zeventien kleinkinderen gekregen, maar ze had wel een deel van haar vroegere uitstraling bewaard. Haar billen maakten dezelfde heerlijke schommelbewegingen van toen.

'Zeeëd! Ben jij het? Het is niet waar. Ja, toch. Hoe kan het?'

'Ik wilde nog een keertje je sierlijke bewegingen bewonderen.'

'Loop verder, kom binnen en bewonder ze maar.'

Saluma was de kunst van het verleiden nog niet verleerd. Ik gaf haar een compliment, maar ze lachte het ondeugend weg.

'Je komt niet voor mij, Zeeëd. Vertel, waarmee kan ik je van dienst zijn?'

'Ik was wel nieuwsgierig naar je, Saluma. Maar inderdaad, ik kom voor ghanoem Ghadidje. Eigenlijk wil ik met je praten over de laatste dagen die jij met haar doorgebracht hebt. Wil je me daarover vertellen?'

'Zeeëd, je wilt me terugvoeren naar die mooie, maar pijnlijke dagen in dat huis. Luister, mijn ghanoem Ghadidje was al ziek in de vallei, maar ze verzweeg het. Ze wilde het niet moeilijker maken voor Mohammad. Thuis in Mekka ging ze meteen naar bed. Ze was zo verzwakt dat ze niet meer kon lopen.

Mohammad wist dat ze op sterven lag, hij had het van de geneesheer gehoord. Hij was verdrietig en verliet zelden de kamer van Ghadidje. Hij knielde naast haar bed en streelde met zijn hand over haar hoofd. Zij was al oud en in de bergen was ze zwak en mager geworden. Mohammads lichaam was nog sterk en hij straalde macht uit. Hij ging naast haar liggen en legde zijn hoofd naast haar hoofd. Op de laatste dag werd Ghadidje door een hoge koorts bevangen. Ik bracht water en Mohammad waste haar voeten en legde natte doekjes op haar voorhoofd. In de vroege morgen, toen ik Mohammad hard hoorde huilen, wist ik dat Ghadidje was heengegaan.'

63 MÓSAB, DE GROTE KENNER VAN DE KORAN

Na de dood van zijn oom was Mohammad al zwijgzaam geworden, maar na de dood van zijn vrouw werd hij stiller dan ooit. Hij had zich teruggetrokken en zijn afzondering duurde zo lang dat er verwarring bij de leden van de Raad van Mekka ontstond. Ze vroegen zich af of Mohammad zich echt rustig wilde houden nu hij terug was of dat hij in stilte duistere plannen voorbereidde. Er was iets aan de hand, maar wat?

Om deze periode te beschrijven moet ik het woord aan de juiste persoon geven. En dat is niemand minder dan Mósab bin Djalil Abbas, de grote korankenner van onze tijd.

Hij was een van de eerste volgelingen die op een diepgaande wijze de teksten van Mohammad interpreteerde. Mohammad kon zijn eigen citaten niet goed opzeggen, hij vertrouwde zijn geheugen niet, sprak de zinnen haastig achter elkaar. Daarom stotterde hij ook. Maar Mósab had een ijzeren geheugen, zelfverzekerd sprak hij de teksten uit, schreef ze op en legde ze op een manier uit waar zelfs Mohammad van opkeek.

Op zoek naar Mósab ging ik naar de nieuwe moskee van Mekka, waar hij de Koran doceerde.

Mósab beschikte niet alleen over een ijzeren geheugen, hij kon ook boeiend vertellen.

‘We waren in de vallei en ik leerde de volgelingen lezen en schrijven,’ zei hij. ‘In die moeilijke tijden in de bergen hielden de vertellingen van Mohammad de volgelingen bij elkaar. En als ze de woorden van Mohammad konden lezen, voelden ze zich volmaakt.

Op een nacht wilde Mohammad mij spreken en we gingen op de top van de berg zitten.

Mohammad zei: “Van Allah heb ik de opdracht gekregen om de islam in de stad Yasreb te verspreiden. Mósab, jij kunt toveren met woorden. Dit is een uitzonderlijke opdracht en Allah heeft jou daarvoor aangewezen. De eerste contacten zijn gelegd. Je neemt een paar van onze sterke mannen mee en vestigt je in Yasreb. Ik regel dat jullie daar onderdak krijgen. Je moet in Yasreb een web creëren. Een spinnenweb van nieuwe volgelingen. Is het duidelijk?”

“Mohammad is de boodschapper”, zei ik, “en het is me volkomen duidelijk welke opdracht de boodschapper me heeft gegeven.”

De volgende dag stopte ik de teksten van Mohammad in mijn jaszak en ging met zes andere volgelingen te voet richting Yasreb.’

Die dag staat mij, Zeeëd, nog haarscherp op het netvlies. Het was nog vroeg. Mohammad omhelsde hen, kuste hen en neuriede een korte soera in hun linkeroor. En zo werden ze uitgezwaaid. Niemand wist waar ze heen gingen, ik ook niet. Het was een afspraak tussen Mohammad en Mósab.

Maar waarom moesten ze naar Yasreb?

'In Yasreb woonden twee oude Arabische stammen samen met de joden en een kleine christelijke gemeenschap', zei Mósab. 'De macht was in handen van de joden en de koers van de markt werd door hen bepaald. Ze bezaten geld en leenden mensen geld tegen zware rentes. Het was zo dat bijna iedereen op de een of andere manier schulden had bij een jood.

De twee Arabische stammen hadden altijd ruzie met elkaar en de joden steunden soms de ene, dan weer de andere stam, ook om de ruzie tussen hen gaande te houden. En al eeuwenlang keken ze op de Arabieren neer, want zij, de joden, hadden een Boek en de Arabieren hadden er geen.

Mohammad wist dat de Arabieren de machtige joden haatten. Zijn ooms en tantes van moederskant woonden allemaal in Yasreb en hij kende de stad als zijn broekzak. Bovendien waren de joden ook de hardnekkigste vijanden van Mohammad in Mekka. Ze kleineerden hem, ze vernederden hem en ze minachtten zijn teksten, ze beschuldigden hem openlijk van plagiaat uit hun Tora.

"Mohammad? Een profeet? Nee hoor, hij is een analfabete dief." zeiden de joden.

Volgens mij was Mohammad in de vallei tot de volgende conclusie gekomen: "Met Mekka wordt het niets. Ik kan daar verder niets bereiken. Ik moet mijn volgelingen naar Yasreb meenemen. Dan de twee Arabische stammen met elkaar verzoenen, de Koran als troost aan hen geven, de joden onderdanig maken en de macht over de stad veroveren."'

Tot zover het verhaal van Mósab.

64 YASREB, EEN PARADIJSELIJKE STAD

Ik moet meer vertellen over Yasreb. De stad ligt behoorlijk ver van Mekka, op een kameel ben je zo'n drie weken onderweg. Mekka is een droge stad, Yasreb is in vergelijking een paradijs. De uitgestrekte, groene akkers zijn rijk aan grote frisse dadelbomen waaronder de rivieren stromen. De kamelen kauwen op vers gras in plaats van op de droge doornen van Mekka. Massa's bijen vliegen zoemend van het ene bloemenveld naar het andere, de wind is zacht en ruikt naar de zee, en de vogels vliegen vredig in de blauwe lucht.

Daar komt nog bij dat de vrouwen van Mekka grof zijn en grote handen en voeten hebben. De warme wind en het zand hebben hen lelijk gemaakt, maar de vrouwen van Yasreb zijn mooi, ze hebben een frisse, tere huid. En ze eten je met hun ogen op.

Mohammad heeft de tuinen van zijn paradijs in de Koran getekend naar de mooie landschappen van Yasreb:

> 'Mohammad! Vertel het goede nieuws aan hen die jou geloven als je zegt dat er voor hen tuinen zijn waaronder de rivieren stromen. En dat er schone metgezellen en metgezellinnen zijn voor hen, en dat ze voor de eeuwigheid daar mogen blijven.'

Mohammad was op twee manieren verbonden met Yasreb.

Zijn moeder Amené was er geboren en zijn vader was er begraven.

En er woonde nog steeds een groot deel van zijn familie.

Mohammad stuurde na de verbanning naar de vallei op een dag zijn slimste volgeling, Mósab, naar Yasreb om de eerste cellen van nieuwe volgelingen te kweken. En het leek alsof de grond van Yasreb gereed was om Mohammads woorden te ontvangen. Het was geen actie waarvan hij meteen de vruchten kon plukken. Mohammad zou een paar jaar geduld moeten hebben, maar dat had hij.

Alles wat er gebeurde, vond in het striktste geheim plaats. De Raad van Mekka hield alles zo veel mogelijk in de gaten, maar het kwam niet bij hen op dat Mohammad ook in Yasreb actief was.

Ze wisten dat hij niet gestopt was met zijn missie, maar veronderstelden dat hij zich na die zware straf wel gedeisd zou houden. In werkelijkheid zorgde Mohammad ervoor dat de vrede in Mekka bewaard werd. Er was geen sprake meer van de harde demonstraties van vroeger. De volgelingen kwamen regelmatig op rustige plekken bij elkaar en Mohammad nodigde mensen op een zachtere toon uit om hem te volgen.

Er sloten zich wel nieuwe mensen aan bij de beweging, maar de toestroom was niet zo groot dat de Raad van Mekka verontrust raakte.

Er was een stil compromis gesloten tussen Mohammad en de Raad. De autoriteiten duldden hem. Over een paar jaar zou hij immers oud zijn en vanzelf stoppen met zijn rare beweringen.

Maar dan kende men Mohammad nog niet. De Raad realiseerde zich niet dat hij zijn conclusie allang getrokken had: 'Met Mekka wordt het niets. We kunnen de stad niet van binnenuit veroveren. We gaan naar Yasreb. Daar nemen we het zwaard ter hand en dan keren we terug om Mekka te veroveren.'

Hij had een plan voor Yasreb. Hij wilde de stad veranderen in het centrum van zijn dromenrijk.

In deze periode bevatten alle soera's die hem geopenbaard werden één vaste zin: 'Mohammad, toon geduld!'

Mekka werd steeds rustiger. Men wist niet dat Mohammad heimelijk zijn volgelingen een voor een naar Yasreb stuurde. Na twee jaar begonnen zijn activiteiten in Yasreb vruchten af te werpen. Steeds vaker sprak men daar over Mohammad de boodschapper en over de Koran en over Allah die Eén was. De winkeliers in Yasreb haalden steeds vaker een citaat aan uit de Koran als ze in discussie raakten met de joden.

De Koran bestond nog niet als boek, maar de citaten die op hout en in kamelenbotten waren gekerfd werden in het openbaar getoond. De nieuwe volgelingen in de stad maakten de lange reis naar Mekka om Mohammad in het geheim te ontmoeten.

Aboebakar reisde vermomd als koopman naar Yasreb. Hij bezocht daar de Arabische stamhoofden en praatte officieel met hen over het vormen van een eenheid tegenover de machtige joden die de stad in hun greep hadden. 'We bieden jullie een Arabisch Boek en een leider aan.'

65 ABBAS, DE BEMIDDELAAR VAN MOHAMMAD

Mohammad had nog een derde oom, die Abbas heette. Hij was een rijke handelaar in Mekka en had goede contacten met de vooraanstaande handelaren van Yasreb. Hij was geen aanhanger van Mohammad, maar ook geen tegenstander. Abbas was een levensgenieter, een eenling die zich niet bemoeide met de politiek in Mekka. Wel onderhield hij altijd een open verstandhouding met Mohammad.

Ik, Zeeëd, ging op een avond met een persoonlijke boodschap van Mohammad bij Abbas langs.

Hij woonde in een groot, indrukwekkend huis. Zo'n woning had ik nog nooit gezien. Rondom in de elegante woonkamer stonden mooie bewerkte kasten en er hingen grote kroonluchters aan het plafond.

Abbas schonk wijn in zijn beker en zei: 'Zeeëd, vertel.'

Ik fluisterde: 'Mohammad de boodschapper wil u ontmoeten. Hij vraagt om een afspraak in het geheim.'

Abbas was een heerlijk mens. Hij was licht beschonken en hij lachte hardop: 'Ik mag die Mohammad van jou. Zeg tegen hem dat het geregeld wordt.' Hij hief zijn beker en riep: 'Lang leve de boodschapper.'

Twee nachten later ging ik met Mohammad via de tuindeur de woning van Abbas binnen. Abbas ontving

Mohammad met open armen: 'Mohammad, wat kan ik voor je betekenen?'

'Breng me in contact met de stamhoofden van Yasreb', zei Mohammad onomwonden.

Abbas was slim en vermoedde meteen wat Mohammad van plan was.

Ze namen plaats op de rustbanken en praatten de rest van de nacht. Ik bleef voor de deur staan.

Een week later reisde Abbas met een karavaan goederen naar Yasreb. Door bemiddeling van zijn vrienden mocht hij bij de Arabische stamhoofden langskomen. Het was de eerste ontmoeting; Abbas zou nog een aantal keer naar Yasreb moeten reizen alvorens hij Mohammad met de stamhoofden in contact kon brengen. Er verstreek zeker een jaar voor de tijd rijp was.

De twee belangrijkste stamhoofden reisden naar Mekka en Abbas ontving hen zonder dat iemand ervan op de hoogte was in zijn grote indrukwekkende huis. En tijdens een vorstelijk diner stelde hij Mohammad aan hen voor.

Het hoofd van de stam Oos heette Aboe Yaghzan bin Yaseb bin Amer bin Malk bin Kenaje bin Ghees bin Hosien bin Lozin. Ofwel Aboe Yaghzan, de zoon van Yaseb, de zoon van Amer, de zoon van Malk, de zoon van Kenaje, de zoon van Ghees, de zoon van Hosien en de zoon van Lozin. Deze Aboe Yaghzan werd tweeënnegentig jaar oud en had drieënvijftig kinderen van zijn negen vaste vrouwen en zijn dertien slavinnen. En hij had talloze kleinkinderen en nakomelingen.

Het hoofd van de stam Ghezr heette Aboe Hozighe bin Moghire bin Abdolah bin Ozar bin Maghzoem. Hij werd zesenzeventig jaar oud en kreeg dertien zonen en zevenentwintig dochters.

Mohammad bleef tot diep in de nacht met hen praten en Abbas voedde hen met lekkernijen en drank. Ze hadden gezamenlijk een beslissing genomen. Mohammad wilde Mekka verlaten en de stamhoofden zouden hem ontvangen en beschermen.

Zo zette hij de eerste essentiële stap op de weg naar de macht.

Mohammad zou in Mekka blijven tot de laatste volgelingen in alle stilte vertrokken waren. Daarna zou ook hij weggaan.

Met de steun en de goedkeuring van die twee stamhoofden kreeg Mohammad in Yasreb grote bekendheid.

Er waren veel jonge mensen die zich hadden aangemeld als volgeling. Deze volgelingen boden onderdak aan de volgelingen van Mohammad die uit Mekka kwamen.

De stad Yasreb kwam geleidelijk in beweging en de volgelingen hielden bijeenkomsten op het marktplein. Toen onze oproeper Balal arriveerde, zorgde hij met zijn mysterieuze stem voor opwinding in de stad. Met de volgelingen ging hij op kruispunten staan en citeerde de Koranteksten hardop.

Mohammad ontving een bericht van Omar uit Yasreb. Ik las het voor hem voor: 'De stad schittert van geluk. Iedereen wacht op Mohammad.'

66 DE VLUCHT

De berichten over Mohammads nieuwe aanhang hadden inmiddels Mekka bereikt. Maar Yasreb was ver weg. Dat kon de rust en orde van Mekka niet verstoren. Toch gonsde Mekka van onrust, toen het bericht van de geheime ontmoeting tussen Mohammad en de stamhoofden van Yasreb was uitgelekt.

Toen pas merkten de mensen dat de volgelingen van Mohammad verdwenen waren: 'Hé, de nesten zijn leeg, de vogels zijn weggevlogen.'

Op de markt praatte iedereen over de geheime ontmoeting:

'O, die vos Mohammad.'

'Wat een slimmerik.'

'Hoe heeft hij het voor elkaar gekregen om de twee vijandige stammen van Yasreb samen te brengen?'

'Alle volgelingen zijn weg.'

'Waarnaartoe? Wanneer zijn ze vertrokken?'

'Mohammad is ook verdwenen.'

'Nee, dat is niet waar. Ik heb hem vanmorgen op het plein van Kaabé zien lopen met Aboebakar.'

Het was waar, Mohammad was niet weg. Hij wachtte tot zijn aanhangers vertrokken waren en maakte opzettelijk zowel 's morgens als 's middags een wandeling over de markt om de Raad van Mekka te misleiden. Maar deze dekmantel hielp niet meer, want de Raad had haar onwrikbare beslissing genomen. Kost wat kost wilde ze Mohammad doden, voordat hij de kans kreeg om te vluchten. Want als hij Yasreb zou bereiken, zou hij een groot man worden met veel macht en dan kon niemand hem meer tegenhouden.

Maar Mohammad was niet langer die oude Mohammad met het zachtaardige hart. Hij was uitgegroeid tot een sluwe leider. Overal had hij een handlanger, ook in de Raad van Mekka. Zo bereikte hem onmiddellijk het bericht dat ze hem die avond in zijn bed wilden vermoorden.

Omar en Osman waren in Yasreb. Alleen Aboebakar was bij Mohammad.

Mohammad bedacht een list.

'Haal Ali', zei hij tegen mij.

Ali was nu een sterke jongeman geworden en had ongeveer de lengte en het postuur van Mohammad. In het donker kon je die twee niet onderscheiden. En Ali was moedig. Mohammad vertelde hem over zijn plan.

Ali trok de jas van Mohammad aan, ontstak de lantaarn, liet het gordijn half open en stelde zich achter het raam op zodat zijn schaduw op het gordijn viel. Als iemand nu van buiten naar het raam keek, dacht hij dat Mohammad op zijn kamer was. En ik, Zeeëd, moest bij Ali blijven.

Mohammad en Aboebakar verdwenen via de daken in het duister.

Ze waren net weg toen er zeven mannen in de steeg van Mohammads huis verschenen. Ze klommen over de muren naar het dak, kwamen via de trap naar beneden en liepen zachtjes naar Mohammads kamer, waar Ali en ik op hen wachtten. Ik had de deur half open laten staan en stond erachter in het donker. Ali stond tussen de lantaarn en het gordijn. Ik zag de mannen met geheven dolken in hun hand naar de kamer lopen. Maar ze waren nog niet binnen of ik riep uit alle macht: 'Halt!'

67 DE SPIN

De vlucht van Mohammad heb ik dus niet kunnen meemaken en ik weet niet waar hij die nacht heen gegaan is. Maar Mohammad heeft het zelf later duidelijk verteld. En ik heb dat in de soera 'Het berouw' in de Koran overgenomen:

> 'Als jullie Zijn profeet niet willen helpen, zal Allah hem helpen, net als de andere keren toen men hem wilde doden en hij met een metgezel, Aboebakar, naar de bergen vluchtte. Ze zochten hun toevlucht in de grot. Hij zei tegen zijn metgezel: "Wees niet bedroefd. Allah is met ons!"
> God liet Zijn rust op hem neerdalen. Een spin verscheen en maakte de opening van de grot dicht, zodat de mannen die hen achtervolgden hen niet konden zien.
> Allah kan alles!'

Het is een verhaal geworden dat iedereen aan elkaar doorvertelt en dat jaar na jaar sterker wordt. Men heeft veel dingen aan het verhaal toegevoegd en veel dingen weggehaald, maar ik zal het vertellen zoals het was:

Mohammad en Aboebakar vluchtten de bergen in. En ze werden achtervolgd door dezelfde zeven mannen die de aanslag op Mohammad hadden beraamd. De mannen zagen hoe twee silhouetten zich op de helling van de berg bewogen. Via verschillende bergweggetjes klommen ze omhoog en omsingelden de vluchters. Mohammad en Aboebakar konden nergens heen. Plots zagen ze de ingang van een kleine grot. Ze kropen naar binnen. Meteen verscheen er een grote spin die een dicht web voor de toegang van de grot begon te weven.

Toen de mannen bij de plek aankwamen, konden ze Mohammad en Aboebakar nergens vinden. Toch moesten ze zich in de omgeving schuilhouden. Ze zagen de grot wel, maar die was afgesloten door een dik spinnenweb. Ze liepen verder en bleven twee nachten en drie dagen in de bergen zoeken. Maar Mohammad en Aboebakar waren als twee druppels regen in de dorstige bergen verdampt.

Ik, Zeeëd, weet dus niet precies wat zich tijdens de vlucht van Mohammad in de bergen heeft afgespeeld. En ik weet niet welke afspraken Mohammad en Aboebakar in de grot met elkaar hebben gemaakt. Maar ik heb aan de hand van mijn eigen waarnemingen wel een vermoeden. Ik denk dat ze een gesprek als het volgende hebben gevoerd:

Mohammad: 'Nu we alle bruggen achter ons kapot hebben gemaakt, is er geen terugkeer meer mogelijk. We nemen het zwaard op en vechten tot de dood om Mekka te veroveren.'

Aboebakar: 'Tot nu toe waren we kameraden, maar vanaf heden vormen we een eenheid voor de eeuwigheid. En om deze gezworen kameraadschap te zegenen, geef ik mijn dochter Ajeshe aan jou.'

Ajeshe, de dochter van Aboebakar, was volgens mij

een jaar of negen. En Mohammad over de vijftig. Zo werd Mohammad de schoonzoon van Aboebakar. En Aboebakar werd de schoonvader van Mohammad.

Daarna vluchtten ze verder en gingen te voet langs de Rode Zee naar Yasreb. Onderweg kochten ze twee kamelen van een boer om zich sneller te kunnen verplaatsen.

68 EEN NIEUWE JAARTELLING

Mohammad was weg. En ik, Zeeëd, was achtergebleven. Ik zou diezelfde nacht nog samen met Ali naar Yasreb vertrekken. Helaas miste ik zo een deel van Mohammads leven dat historisch erg belangrijk is geweest.

Het kon niet anders.

Later, toen we een nieuwe kalender wilden samenstellen, hebben we de vlucht van Mohammad van Mekka naar Yasreb als het begin van de islamitische jaartelling genomen. De wereld van de islam begon vanaf die dag.

Ik laat Mósab, de grote Korankenner, weer aan het woord. Hij is de enige die dat deel van Mohammads leven kan navertellen. Hij was degene die door Mohammad een paar jaar eerder naar Yasreb was gestuurd om in die stad de Koran te gaan verkondigen en cellen van nieuwe volgelingen op te richten.

Mósab woonde al in Yasreb toen Mohammad vluchtte. Hij was van alles op de hoogte.

Volgens hem had de vlucht van Mohammad Yasreb in rep en roer gebracht. Iedereen praatte er gespannen over, iedereen wachtte op nieuws:

'Zouden ze hem gearresteerd hebben?'

'Hij is slim. Hij laat zich niet door hen pakken.'

'Hij is de boodschapper. Zijn Allah zal hem helpen.'

'Maar waarom laat hij niets van zich horen als hij nog leeft?'

‘Hij zal komen. Een dezer dagen komt hij opeens tevoorschijn.’

‘Ik kreeg eindelijk het goede nieuws’, zei Mósab. ‘Mohammad was gezond en hij was met Aboebakar via de kust in het dorp Ghaba aangekomen. Binnen enkele dagen zouden ze Yasreb bereiken. Ik maakte het bericht openbaar. De volgelingen klommen op de daken en riepen: “Een blije tijding! De boodschapper is onderweg!”

Hier had niemand meer op gerekend. Arabieren van alle stammen gingen juichend de straten op. Ze sloegen op trommels en deelden dadels en lekkernijen uit. Van de ene op de andere dag hadden de Arabieren een boodschapper gekregen met een Boek dat mooier en krachtiger was dan het Boek van de joden. Want de mensen hadden geen enkele kennis van de Tora en de Bijbel, maar de koranteksten die onze Balal met zijn heerlijke stem voordroeg, waren zo opwindend, zo geheimzinnig dat geen andere tekst de schoonheid ervan kon overtreffen.’

Drie dagen later, toen Mohammad de stad Yasreb naderde, sloten de Arabieren hun winkels en gingen massaal, inclusief vrouwen, kinderen en slaven, naar de stadspoort om Mohammad te bewonderen.

De joden bleven thuis, maar de christenen, die eeuwenlang door de joden geplaagd waren vanwege hun nietszeggende Jezus, gingen stiekem met de Arabieren mee. Zo veranderden de machtsverhoudingen in de stad in één klap.

Er wachtten duizenden mensen voor de poort van de stad. In de verte verschenen twee kamelen; de silhouetten van twee mannen werden zichtbaar. De massa slaakte een kreet van geluk. Toen de reizigers dichterbij kwamen, riep men:

'Mohammad is de boodschapper!'

'Welkom, boodschapper!'

De menigte drong naar voren om een blik van hem op te vangen en de mensen nodigden hem luid uit om bij hen te verblijven.

Mohammad liet het leidsel van zijn kameel los en zei: 'Waar mijn kameel knielt, zal ik verblijven.'

De kameel passeerde rustig de poort en liep van de ene straat naar de andere, terwijl de bevolking hem in stilte volgde. Hij passeerde vele huizen. Iedereen hoopte dat de kameel bij zijn huis zou knielen, maar het dier liep een smalle steeg in, stopte bij een kleine deur, knielde en legde zijn lange nek op de grond. Dit huis was de woning waar Mohammads moeder geboren was en waar Mohammads vader overleden was.

De inwoners van Yasreb gaven deze kameel de erenaam Gosoveh: degene die uit de verte komt. De kameel Gosoveh leefde lang, want de bevolking van Yasreb zorgde goed voor hem. Jaren later stierf hij een natuurlijke dood.

69 EEN VROUW VOOR ZEEËD

De stad Yasreb veranderde alles voor Mohammad.

Yasreb kreeg een nieuwe naam. Het werd 'Medinatol Nabi', wat betekende: 'De stad van de boodschapper'.

Verkort werd het Medina genoemd.

Mohammad begon een nieuw leven in Medina.

Ghadidje was gestorven, Mekka lag ver weg en in deze stad werd hij niet alleen als een echte profeet behandeld, maar ook als de leider van de Arabische stammen. De poorten van het aardse paradijs werden een voor een voor Mohammad geopend. Als vrouw had hij de negenjarige dochter van Aboebakar niet nodig, want de jonge, tedere vrouwen van Medina boden zich vrijwillig aan: 'Boodschapper, neem me! Zegen me!'

En Mohammad zegende hen.

Hij was altijd trouw gebleven aan Ghadidje, maar nu had hij volop oog voor de jonge vrouwen. Hij ging zelfs zover dat Allah hem bij zijn kraag greep: 'Mohammad! Het is genoeg!' Hij luisterde en nam genoegen met zijn wettige vrouwen en de talloze beeldschone slavinnen die hij later als oorlogsbuit kreeg.

Ik, Zeeëd, wil iets persoonlijks vertellen, maar ik aarzel.

Ik leg mijn pen neer. Ik moet erover nadenken.

Ik heb besloten om het verhaal te vertellen.

Zo ging het:
Mohammad werd de boodschapper.
Aboebakar werd de eerste kalief.
Omar werd de tweede kalief.
Osman werd de derde kalief.
Ali werd de vierde kalief.
En Zeeëd werd de kroniekschrijver.

En ik getuig naar waarheid: we woonden nog in Mekka en naar Aboebakars woorden was ik een sterke man, een bijzondere man, geworden. Mohammad had een mooie nicht. Zo mooi dat ze je aan een jonge maan in de nacht deed denken. Soede was haar naam. Ze was een jaar of zeventien.

Op een avond werd ik geroepen door Mohammad: 'Zeeëd! Ik wil je spreken.'

We wandelden pratend langs de rivier onder de dadelbomen. Hij zei: 'Zeeëd, je bent een man geworden. Hoe denk je over Soede?'

Ik werd getroffen door zijn onverwachte vraag. Ik zweeg, kon niets zeggen. Ik had nooit aan Soede gedacht, ik durfde niet. Ze was zo mooi, zo elegant, dat ze nooit de mijne zou kunnen zijn.

De volgende dag legde Mohammad de hand van Soede in mijn hand, sprak een soera en zegende onze echtelijke verbintenis. Zo werd Soede mijn wederhelft. Soede sliep naast me en ze werd steeds mooier. Soede was het licht in mijn huis en ik legde elke nacht mijn hoofd op het kussen naast haar hoofd.

Maar toen we in Medina woonden, dacht Soede niet

meer aan mij, ze dacht aan Mohammad. Ze wilde dat ze door de boodschapper werd bewonderd, niet door zijn knecht.

Op een dag stond ze naakt in een grote koperen schaal en waste zich midden op de binnenplaats van ons huis. Op dat moment kwam Mohammad onverwachts binnen. Zijn blik viel op Soede in haar volle schoonheid.

Ik stond achter het venster en zag Mohammad. Hij sloot zijn ogen en zei: 'Fatabarekallah ahsanal ghalegin. Geprezen is Allah voor zo veel schoonheid die Hij heeft gecreëerd.'

Soede hoorde het en vanaf dat moment sliep ze niet meer naast me. Ze wist dat Mohammad haar wilde. En toen verliet Soede mijn huis. Ik had geen keus, nam afstand van haar, liet haar gaan.

Mohammad was kwaad op mij.

Ik zweeg.

Mohammad beval me dat ik mijn vrouw naar huis moest halen.

Ik zweeg.

Allah zond een soera en vervloekte me.

Ik zweeg.

Mohammad sliep vele nachten met mijn Soede. Daarna verkondigde hij een nieuwe regel:

'Gelovigen! Jullie mogen niet zomaar de huizen van andere mensen betreden! Je moet eerst op de deur kloppen. De bewoners waarschuwen. En als je binnentreedt, moet je altijd hoorbaar "Salam" roepen. Een salam aan het huis en een salam aan de bewoners.'

Soede werd de zevende vrouw van Mohammad.

70 MEKKA EN MEDINA

De Mohammad van Medina was niet meer te vergelijken met de Mohammad van Mekka.

In Mekka werd hij beledigd, in elkaar geslagen en wilde men hem doden. In Mekka was zijn proza zacht en neigden zijn teksten naar poëzie. In Mekka was hij niet geïnteresseerd in vrouwen, hij at slecht en lachte weinig.

In Mekka was hij mager, altijd aan het peinzen en had hij haaruitval. In Mekka was hij een opstandeling. In Mekka was hij huisvader en de man van Ghadidje. In Mekka had hij een verdedigingsstrategie.

Maar in Medina werd hij de leider van de stad. In Medina genoot hij van vrouwen, at hij als een Arabisch paard, genoot hij van druiven, vijgen, olijven. Hij stopte zijn hele wijsvinger in de honingpot en likte hem af. En hij wachtte niet tot zijn negenjarige vrouw Ajeshe wat ouder was. Hij deed wat olijfolie in zijn haar en beminde Ajeshe.

In Medina werd zijn proza gewelddadig, de fase van verdediging was duidelijk voorbij. In Medina werd zijn postuur steviger en werd hij een sluwe politicus. Hij onderhandelde, gebruikte politieke leugens en bedacht gemene trucjes.

In Medina legde hij het fundament van zijn islamitische bewind. Hij maakte een wetboek met tweeënvijftig regels over omgangsvormen tussen de inwoners van de stad, gebaseerd op allerlei geloofsovertuigingen. Zo presenteerde hij zich als leider van de gehele bevolking, joden en christenen inbegrepen. Om het hardnekkige protest van de joden te sussen, dacht hij een tactiek uit en hij bereikte een gouden compromis met hen: 'Jullie belijden jullie eigen geloof, maar als er een oorlog komt, staan jullie aan mijn zijde en vechten jullie tegen mijn vijand.

In ruil daarvoor zullen ik en mijn volgelingen twee dingen doen: tijdens het gebed richten we ons tot jullie Heilige Moskee in Jeruzalem en we vasten met jullie mee.'

De joden gingen mopperend akkoord, want ze beschouwden het wel als een knieval van Mohammad voor het oude joodse geloof.

Vervolgens nodigde Mohammad de hoofden van de christenen uit in zijn nieuwe moskee, die nog niet af was, en liet hun het volgende weten:

'Ik hou van jullie profeet Jezus. Maria zou ook mijn moeder kunnen zijn. Maar ik hou niet van jullie leugens dat Jezus de zoon van Allah is. En ik word ziek, elke keer als ik een priester het kruisteken zie slaan: "De Vader. De Zoon. En de Heilige Geest. Amen."

Het is een openlijke aanval tegen Allah.

Allah is Eén! Hij is niet verwekt! En hij verwekt niet!

Allah heeft geen zoon.'

Er werd een overeenkomst met de hogepriester van

de stad gesloten. De christenen zouden in het openbaar geen kruisteken meer slaan. Ook zouden ze Jezus openlijk geen Zoon van God meer noemen.

Op zijn beurt zou Mohammad de christenen van de stad beschermen tegen het voortdurende geweld en de vernedering door de joden.

Mohammad had nu de nodige elementen om zijn bewind kracht bij te zetten:

Hij had een wetboek met tweeënvijftig regels samengesteld.

Hij had een plaats van bijeenkomst voor zijn volgelingen gebouwd: de moskee.

Hij had een heilige plek bepaald waar zijn volgelingen zich naar konden richten: Jeruzalem.

Hij had een paar smederijen ingericht waar de smeden dag en nacht zwaarden voor hem maakten. En hij had een kamp opgezet waar zijn volgelingen werden getraind voor het gevecht.

Dat gebeurde allemaal in het eerste jaar van zijn verblijf in Medina.

Wat hem nog ontbrak was geld of goud.

71 IN DE MOSKEE

In Medina was Mohammad haast nooit meer thuis, hij had er niet eens een eigen slaapkamer en geen echtgenote. Mohammad woonde in feite in zijn moskee. Hij was verliefd op zijn moskee. Je kon hem er dag en nacht vinden. De moskee was het centrum van zijn beweging geworden, alle beslissingen werden daar genomen. Besluiten die buiten de moskee genomen werden, waren niet geldig.

De moskee was aan de rand van het centrum gebouwd. In het begin gingen de ramen naar Jeruzalem open. Je keek uit op een prachtig landschap, met groene druiventuinen, amandelbomen en olijventuinen. Het waren de tuinen van geluk in het paradijs volgens de beschrijving van Mohammad. Aan de achterzijde was een groot raam gezet dat uitzicht op de bergen bood.

Mohammad liep trots door zijn moskee en praatte openhartig met zijn volgelingen, die bezig waren met het aanleggen van de tuinen.

In Mekka had ik hem zelden vrolijk gezien, nu hoorde ik overal in de moskee zijn lach.

De aandacht die hij van de vrouwen kreeg, had hem jonger en knapper gemaakt. In Mekka ging hij soms gebukt onder de beledigingen en de zware druk, maar in Medina zat hij rechtop in het zadel van zijn paard, reed als een koning het bazaarplein op en straalde van geluk als de vrouwen naar hem wezen: 'Kijk. Daar komt hij. De boodschapper.'

Aboe Navaz, de dichter van Medina, had een gedicht over Mohammads paard geschreven:

> 'Kunnen jullie echt een vrouw vinden van wie
> de vlechten zachter zijn dan
> de manen van Mohammads paard?
> Kunnen jullie een vrouw vinden van wie
> de borsten er mooier uitzien dan
> het zadel van Mohammads paard?
> Waar kunnen jullie een vrouw
> vinden wier ogen
> zo stralend schitteren als de ogen
> van Mohammads paard?
> Nee, er is geen enkele vrouw die
> als Mohammads paard van spanning trilt
> tijdens het gevecht op het slagveld
> en toch rustig blijft.'

Ik droeg net als Mohammad een zwaard en ik reed op een zwart, slim paard. Ik leerde vechten in het militaire kamp waar de volgelingen werden getraind.

En Medina was de gelukkigste stad van de wereld, want de stad had zeventig verschillende soorten dadels met zeventig verschillende namen en zou het centrum van een nieuwe, grote wereldbeschaving worden.

72 SALMAN PARSI, DE PERZISCHE KRIJGSHEER

In de moskee gingen Mohammad en zijn raadgevers midden in de gebedsruimte zitten in een cirkel op de grond. Ik liep in de moskee rustig langs de ramen en hield binnen en buiten alles in de gaten.

De aard van de zittingen in de moskee was anders dan de zittingen vroeger in het huis van Mohammad in Mekka. Er werd meer over oorlogstactieken gepraat en over goud, wapens en voedsel. Omar was met een paar voormalige Perzische krijgsheren in contact gekomen en had drie van hen bereid gevonden om naar Medina te komen.

Een van hen heette Salman, beter bekend als Salman Parsi.

Hij werd later de persoonlijke oorlogsadviseur van Mohammad. Hij was in die tijd tegen de dertig, een slimme man en een geniale bedenker van nieuwe gevechtsmethodes. Salman gaf leiding aan de trainingskampen en de werkplaatsen waar de wapens werden gesmeed.

Het was een van de laatste nachten van het eerste jaar na de vlucht van Mohammad naar Medina. Salman en Mohammad waren alleen in de moskee. Ze hadden een plattegrond opengerold en praatten met elkaar terwijl ze zich erover bogen.

Toen hun gesprek beëindigd was, riep Mohammad mij.

Ik legde mijn hand op mijn zwaard en haastte me naar hem toe.

Hij noemde de namen van veertig mannen en ik noteerde ze. 'Voor zonsopgang. Op de Ohodberg. Ze nemen hun zwaarden mee. En ze weten niets van elkaar', zei hij.

Ik sprong op de rug van mijn paard en reed als een bliksemschicht door de stad om de mannen te waarschuwen.

De volgende dag voor zonsopgang stonden ze allemaal aan de voet van de Ohodberg. Het was nog donker en ze zagen elkaars gezichten niet goed, ze mochten niet met elkaar praten en wisten niet wat hun te wachten stond. Mohammad kwam en zei: 'Gisternacht heb ik een nieuwe opdracht van Allah gekregen. Straks rijdt er een belangrijke karavaan afkomstig uit Mekka met goud en goederen via de Rode Zee de vallei binnen.

Wij zullen de karavaan aanvallen en het goud en het geld buitmaken voor de moskee. Een derde van de geroofde goederen is voor jullie, maar de rest komt toe aan de moskee.'

Niemand bewoog, iedereen luisterde zwijgend.

'Heeft iemand een vraag?' zei Mohammad.

'Maar Mohammad, we zijn nog in de heilige maand Ramadan. En oorlog is verboden in Ramadan. Waarom doen we dit?' vroeg een van de volgelingen.

'Ik beslis niet', zei Mohammad. 'Ik weet niet waarom.

Allah beslist. Hij is alwetend. En het is geen gewone oorlog, maar een heilige oorlog. Een oorlog voor Allah.'

'Mohammad, is het roverij of is het oorlog?' vroeg een ander.

'Het is een heilige roverij. Zo heb ik het doorgekregen', zei Mohammad.

Er waren geen vragen meer. Mohammad wees iedereen een plek op de berg.

De karavaan reed de vallei binnen.

Mohammad riep luidkeels: 'La ilaha ella Allah! Er is één God. Het is Allah!'

De volgelingen riepen allemaal tegelijk 'Allah' en vielen de karavaan aan. Verbaasd, gechoqueerd en verloren lieten de handelaren hun paarden, kamelen en goederen in de steek en vluchtten de bergen in.

We reden met dertien paarden en honderddrieënvijftig kamelen beladen met goud en goederen de gelukkige stad Medina binnen.

73 HET EERSTE GEVECHT MET MEKKA

De dichter Aboe Navaz stond op een verhoging en droeg dit gedicht voor aan Mohammads mannen, toen ze na de heilige roverij met hun wapens voor de deur van de moskee voor Mohammad marcheerden:

'Jij! Mijn zwaard!
Als ik je scherpe, snijdende rand voel
Voel ik hetzelfde als wanneer ik de zachte borsten
Van een jonge woestijnvrouw aanraak.
En als ik je pak,
Heb ik het gevoel dat ik een tros rode, rijpe, zoete
druiven in mijn handpalm draag.
Honger en dorst hebben geen invloed op me
En het rijpe fruit en het genot van de heerlijke tuinen
Kunnen me niet tegenhouden wanneer ik met jou
in mijn hand op mijn paard galoppeer.'

Na de eerste roof hadden de volgelingen de smaak te pakken en de volgende berovingen gingen even voorspoedig. Iedereen wilde nu met Mohammad mee. Elke dag kwamen tientallen jongemannen en avonturiers uit alle hoeken van het land naar Medina en ze meldden zich aan bij Omar in de moskee.

Mekka was geschrokken van de plunderingen op de handelswegen. Mohammad bedreigde de gehele handel van Mekka met de ondergang. Geen enkele handelaar durfde Mekka nog te verlaten en niemand durfde meer naar Mekka te reizen.

Ze moesten iets doen, ze moesten Mohammad pakken en zijn legertje vernietigen voordat het te groot werd.

Aboesofjan, de bevelhebber van Mekka, bedacht een plan. Hij stuurde negenhonderdvijftig van zijn strijders vermomd als handelaren met een karavaan mee richting Medina. Er werd geregeld dat Mohammad een bericht zou krijgen dat er een grote karavaan met goud en goederen via de Rode Zee de stad Medina naderde.

De eerste berovingen hadden Mohammads mannen uitgevoerd op blote voeten en met hun blote handen. Nu hadden ze paarden, snelle kamelen en lichte, scherpe zwaarden. Ze hadden daarom ruimte nodig en konden de vijand niet meer op een nauwe plek aanvallen.

Daarom koos Mohammad deze keer voor de woestijn en zijn strijders verstopten zich achter de zandheuvels. Maar toen ze de karavaan aanvielen, werden ze tegen hun verwachting in opgewacht door zwaar bewapende vechters van het leger uit Mekka.

De mannen van Mohammad, die zich op het rapen van goud en geld hadden voorbereid, schrokken van die onverwachte wending.

Wat moest Mohammad doen? Snel overlegde hij met Salman Parsi en Aboebakar.

Als ze nu naar Medina terugkeerden, zouden ze achtervolgd worden door het leger van Mekka en zo de oorlog de stad binnenhalen. Ze moesten vechten, er was geen terugkeer mogelijk. Salman adviseerde korte, snelle offensieven: 'Aanvallen, toeslaan en ons snel terugtrekken.'

En Mohammad riep tegen zijn volgelingen: 'Wie sterft, gaat rechtstreeks naar het paradijs. Wie blijft leven, ontvangt goud!'

Honderdzevenendertig keer vielen we de karavaan aan, honderdzevenendertig keer brachten we hem op verschillende plekken gevoelige slagen toe en honderdzevenendertig keer trokken we ons terug. Van het kamp van de vijand werd een deel gedood, een deel gevangengenomen en een deel wist te ontkomen. Aan de kant van Mohammad sneuvelden veertien mannen.

Onverwachts had de eerste officiële oorlog tussen Mekka en Mohammad plaatsgevonden en Mohammad had gewonnen. Het bericht ging het hele land rond. Mohammad was geen rebellenleider meer. Hij was krijgsheer geworden.

Ik, Zeeëd, stond boven in de toren van de stadspoort om de triomftocht goed te kunnen zien en de buit te noteren. De bewoners van de stad stonden in twee rijen buiten de poort opgesteld. Ze juichten Mohammad toe.

Ik heb de buit genoteerd:

723 kamelen beladen met zwaarden, gevechtsmateriaal en nepgoederen
93 getrainde veldpaarden
73 kamelen beladen met drank en etenswaren
13 kamelen beladen met pannen en kookgerei
23 kamelen beladen met kleding en schoenen
126 krijgsgevangenen
47 jonge vrouwen die meereisden

Geen geld. Geen goud.

74 OORLOG

Anderhalf jaar na zijn vernederende verlies stuurde Mekka een leger van drieduizend man onder persoonlijke leiding van Aboesofjan richting Medina. De joden deden in het geheim mee. Ze ondersteunden Mekka's leger met zowel mankracht als paarden, kamelen, voedsel en wapens.

Mohammad trad Aboesofjan met zevenhonderd man tegemoet.

De dichter Aboe Navaz schreef een gedicht voor de vrouwen van Medina om de strijders aan te moedigen:

'Jullie! Strijders van Mohammad
Als jullie de vijand genadeloos aanvallen
Ontvangen wij jullie met zachte stoffen waarmee we
Onze lichamen bedekt hebben
En we laten jullie proeven en
genieten van een ander soort plezier.
Maar als jullie de rug naar de vijand toekeren
Krijgen jullie geen beker wijn meer uit onze handen
En is het afgelopen met het andere soort plezier.'

Maar de verleidelijke aanmoedigingen van de vrouwen van Medina werkten niet en de strijders van Mohammad kregen een tijdlang geen 'ander soort plezier' van hen.

De beslissende oorlog begon en de mannen reden op hun getrainde paarden als een eenheid achter Mohammad aan. Ik, Zeeëd, reed altijd buiten de eenheid om de groep in de gaten te houden. Ik had niets met het leger, niets met oorlog, niets met een zwaard. Ik was slechts getuige, de getuige van Mohammads leven. Ik droeg een zwaard, maar ik heb er nooit mee gevochten en er nooit iemand mee gedood.

Ik droeg mijn zwaard om twee redenen: om Mohammad te beschermen als iemand hem van achteren wilde aanvallen en om mezelf te verdedigen.

Ik geloof dat iedereen alleen maar aan het geld en het goud dacht dat ze straks als oorlogsbuit mee naar Medina zouden nemen. Maar het liep anders. We konden geen van onze oorlogstactieken uitvoeren. Hun aanval was zo sterk dat we geen kans kregen om op adem te komen. In deze oorlog proefde ik de hel waar Mohammad het zo vaak over had.

Aboesofjan, de bevelhebber van Mekka, had voor een oude Romeinse opzet gekozen. We vielen de vijand niet alleen van voor, maar ook van achteren aan, maar tevergeefs. Als we vluchtten naar rechts, stonden ze ons op te wachten. Als we vluchtten naar links, stonden ze klaar om ons aan te pakken. Er was geen uitweg meer, tenzij Allah aan ieder van ons twee sterke vleugels gaf om via de lucht te ontsnappen.

Velen kwamen om en wie kon vluchten, gooide zijn zwaard weg, liet zijn paard los, nam zijn toevlucht tot de woestijn en verstopte zich achter de zandheuvels om zijn leven te redden.

Mohammad riep: 'Terug! Mannen, terug!'

Maar niemand luisterde naar hem.

Mohammad riep: 'Mannen, kijk naar de lucht! Allah stuurt engelen om met jullie mee te vechten.'

Maar niemand keek omhoog, niemand wilde de engelen zien.

Omar, Osman, Aboebakar en Salman reden in volle vaart naar Medina om bij de poort hun positie in te nemen en de stad tegen een eventuele invasie te verdedigen.

Het leger van Aboesofjan juichte na de overwinning. Ze zwaaiden met hun zwaarden in de lucht en reden te paard joelend in het rond. Nee, ze hadden het goed gezien. Er was geen enkele strijder van Mohammad meer te bespeuren aan het front.

Maar Mohammad, Ali en ik waren niet gevlucht. Mohammad was de enige die nog een poging deed om met zijn engelen de verloren oorlog te winnen en ik volgde hem overal om hem te beschermen.

Tevergeefs spoorde hij nogmaals zijn mannen die op de vlucht waren aan: 'Keer terug! Kijk naar de lucht! De engelen komen eraan!'

Ali en ik deden iets doms. Eén klein ogenblik keken we naar de lucht of er echt engelen neerdaalden en juist op dat moment, toen onze aandacht voor Mohammad verslapte, verscheen er een man te voet van achter een zandheuvel. Het was een soldaat van de vijand en hij herkende Mohammad, maar schrok even van diens onverwachte aanwezigheid. Zonder aarzelen pakte hij vervolgens een steen en gooide hem naar Mohammad. De steen raakte Mohammads gezicht en brak een van zijn voortanden. De man gooide nog een steen. Dit keer een grote. Deze raakte Mohammads hoofd. Hij verloor zijn evenwicht en viel bewusteloos van zijn paard.

De soldaat rende de heuvel op en riep overstuur: 'Mohammad. Mohammad. Ik heb Mohammad gedood.'

Ali gaf hem verder geen kans en sloeg hem met zijn zwaard neer. En om de vijand te misleiden begon hij heel hard richting Medina te galopperen. Drie ruiters achtervolgden hem.

Dat gaf mij de tijd om Mohammad te verbergen. Ik sleepte hem over de grond naar een rustige plek. Met mijn zwaard sneed ik zijn lange vlechten af, trok zijn dure legerlaarzen uit en ontblootte zijn voeten, zodat hij niet herkend zou worden als leider. Ik verstopte hem achter de struiken. Daarna sprong ik op mijn paard en reed naar een plekje iets verderop, waar een paar bomen stonden. Zittend op mijn paard verstopte ik me achter de bomen en bleef vanuit de verte over hem waken.

Ik wachtte tot het donker werd, reed terug, zette Mohammad op mijn paard en reed naar Medina, rechtstreeks naar het huis van de geneesheer.

Daarna ging ik op zoek naar Aboebakar. Ik reed weer naar de heuvels net buiten de stad, waar de gevluchte mannen paraat stonden om een eventuele invasie van de vijand tegen te houden.

Ali had Aboebakar gewaarschuwd dat Mohammad gewond was geraakt; de vijand had het gerucht verspreid dat Mohammad dood was. Osman en Ali hadden overal gezocht, maar ons nergens kunnen vinden. Er hing nu een droevige stemming en je voelde dat niemand meer de moed had om door te vechten.

Ik trof Aboebakar bij een groep stamhoofden van de stad. Hij had niet verwacht dat hij mij levend te paard zou treffen. Meteen vroeg hij naar Mohammad. Ik reed zo dicht mogelijk naar hem toe. Ik boog me voorover, bracht mijn hoofd naar zijn oor en zei: 'Mohammad leeft, maar hij is zwaargewond.'

'Waar is hij?' vroeg Aboebakar.

'In Medina.'

'Omar!' riep Aboebakar hard.

Omar verscheen en wierp een snelle vragende blik op mij. Aboebakar fluisterde de boodschap in Omars oor.

Omar sprong op zijn paard en reed zo snel als hij kon naar de strijders: 'Lang leve Mohammad! Hij is in Medina. Verenig je! Verdedig de stad! Verdedig je vrouw en je kinderen! Verdedig je huizen en je bomen!'

Alle mannen zwaaiden hun zwaarden in de lucht en slaakten samen een kreet: 'Leve Mohammad!' Niemand kon hen meer ontmoedigen.

75 DE JODEN

Na zijn overwinning besloot Aboesofjan, de bevelhebber van Mekka, Medina binnen te vallen en de stad te veroveren. Maar al snel kreeg hij te horen dat Mohammad niet dood was, en dat diens leger onder leiding van Omar voor de poort van de stad gestationeerd was. Bovendien hadden de stamhoofden opdracht aan de bevolking gegeven om onder leiding van Osman de stad binnen de muren te verdedigen. De mannen stonden met hun zwaarden gereed op de kruispunten en vrouwen en kinderen stonden met pijl en boog en stenen op de daken om het leger van Mekka te belagen. Mekka mocht Medina nooit overheersen.

Aboesofjan beraadde zich en vreesde dat hij een oorlog binnen de muren van Medina zou verliezen. Zou het niet beter zijn om het voor gezien te houden en later met een groter leger terug te keren?

Medina wachtte op zijn aanval, maar tot ieders verbazing besloot Aboesofjan tot de terugtocht naar Mekka.

Ik, Zeeëd, heb er met iedereen over gepraat, maar ik heb niet kunnen achterhalen waarom hij Medina niet aanviel. Hij wist via zijn handlangers dat Mohammad gewond was geraakt en voorlopig uitgeschakeld was. Hij had het leger zware schade toegebracht, dus waarom stootte hij niet door? Was hij echt bang dat hij de strijd binnen de muren van Medina jammerlijk zou verliezen?

Het kan; de angst voor een totale vernedering kan Aboesofjan hebben weerhouden om de stad binnen te vallen. Het zou een totaal gezichtsverlies voor Mekka betekend hebben als de bevolking van Medina Aboesofjan en zijn leger kapot zou maken en dat geen soldaat de kans zou krijgen om via de poort te vluchten om het bericht van het verlies mee terug naar Mekka te nemen.

Zodoende keerde Aboesofjan terug naar Mekka met zijn leger.

Er heerste een paar maanden stilte tot Mohammad hersteld was. Hij wist dat Mekka zich in het geheim beraadde op een strategie om Medina binnen te vallen. Hij was ervan op de hoogte, maar hij wist dat het een tijd zou duren eer ze zouden komen.

Voor het zover was, zou Mohammad een andere zaak moeten afhandelen: de joden.

Mohammad, die een hekel aan de joden had gekregen door hun samenzwering met het leger van Mekka, begreep dat hij, zolang de joden in de stad waren, de oorlogen niet zou kunnen winnen. Hij wachtte op een gelegenheid om de jodenkwestie definitief op te lossen.

Hij had al eerder harde kritiek van zijn oom Abbas gekregen over zijn overeenkomst met de joden: 'Dat was dom van je, Mohammad. De joden hebben je te grazen genomen. Heb je voor Jeruzalem gekozen? Als je de steun van de grote handelaren van Mekka wilt, moet je voor de Kaabé kiezen, niet voor de moskee van de joden. Je moet nooit met je rug naar Mekka gaan staan. Mekka betekent groothandel en de Kaabé betekent macht. Herroep je beslissing! Richt je tot de Kaabé, Mohammad!'

Nu was het moment aangebroken om de belofte aan de joden te breken.

'De joden hebben ons verraden. Ze hebben geheime informatie over ons leger aan Mekka doorgegeven', zei iedereen in Medina. De ruzies begonnen en dag en nacht kwam het tot harde discussies en handgemeen tussen de Arabieren en de joden.

Op de bazaar zei een joodse man iets liefs tegen een Arabische vrouw. Maar zij moest er niets van hebben en riep de Arabische mannen om haar eer te verdedigen. De Arabieren en de joden gingen op de vuist. Het conflict liep uit de hand en ze sloegen elkaar tot bloedens toe, waarbij een Arabier gedood werd.

Allah reageerde ter plekke en openbaarde Mohammad het bevel dat hij nodig had: 'Mohammad! Verscheur je overeenkomst met de joden. Je hoeft je woord niet na te komen! Het zijn verraders. De jood is een verrader.'

Mohammad verscheurde de overeenkomst en zette de joden onder druk om de dader uit te leveren. De joden weigerden dat, maar de leider van de stam Bani Nazier nodigde Mohammad uit om met hem over de kwestie te praten. Mohammad accepteerde de uitnodiging en hij ging. Maar ze hadden een plan beraamd om hem te doden. Mohammad kwam achter het plan en wist te ontsnappen.

Het geduld van Mohammad raakte op en hij nam

een beslissing die hij allang wilde nemen. Hij gaf de joden één dag de tijd om de stad te verlaten. Elke familie mocht zoveel bezittingen meenemen als een kameel kon dragen en moest haar goud en geld achterlaten.

De joden negeerden het bevel, trokken zich terug achter hun wijkmuur en sloten de poort. Een week lang wachtte Mohammad, maar ze bleven in hun huizen zitten en gingen niet weg.

'Hoe langer jullie verzet hoe zwaarder jullie straf. Nu moeten drie families hun bezittingen samen op één kameel laden.'

De joden luisterden weer niet en wisten het nog eens twee weken vol te houden.

Mohammad deed iets wat hij niet had moeten doen. Hij stak al hun dadelbomen in brand en vernielde zo hun dadelakkers. Dit deed de joden pijn en het brak hun verzet.

'Ga weg, anders zet ik ook jullie huizen in brand, en nu mogen jullie niets meer meenemen. Dit is een nieuw bevel van Allah.'

De joden konden niet langer stand houden, ze vernietigden zelf hun huizen, trokken de ramen uit de muren, maakten hun eigen spullen kapot om maar niets voor Mohammads aanhang achter te laten. Daarna verlieten ze hun stad met lege handen.

Maar tijdens hun aftocht sloegen hun vrouwen hard op de trommels en ze juichten om te laten zien dat Mohammad hen mentaal niet kapot kon krijgen.

Mohammad had Medina nu helemaal in handen. Hij besloot om ook de joden uit de omliggende dorpen uit te schakelen. Maar eerst corrigeerde hij twee van zijn eerdere besluiten voor de eeuwigheid:

Mekka is belangrijker dan Jeruzalem. Vanaf heden veranderen we van richting. We richten ons tot de Kaabé tijdens het gebed.

We vasten niet meer met de joden mee.

Toen riep hij alle Arabieren van de stad op om zich onder zijn groene vlag te verzamelen.

De stad juichte. De winkeliers sloten hun winkels en iedereen schaarde zich achter Mohammad.

76 AMROBNE DJAHESH, DE OUDE RABBIJN

Ik zocht naar een joodse oud-inwoner van Medina om hem aan het woord te laten. Maar nu de islam de helft van de wereld veroverd heeft, durft geen jood meer met me te praten.

In het dorp Gheebar vond ik een bekende rabbijn uit het oude Yasreb. Amrobne Djahesh was zijn naam en hij had de gezegende leeftijd van negentig jaar bereikt. Hij liep gebogen, maar toch nog behoorlijk goed en hij was scherp van geest.

Hij woonde alleen in een eenvoudige kamer in het huis van zijn oudste zoon. Zijn bezittingen bestonden uit een pot voor drinkwater, een stuk droog brood, een schaal verse dadels en het kleedje waarop hij zat en sliep.

Hij was voor niemand bang. Toch verzekerde ik hem dat ik ons gesprek aan niemand zou doorvertellen en dat niemand de beschrijving ervan zou lezen.

Hij besloot met mij te praten, maar op voorwaarde dat zijn verhaal zonder wijzigingen en met zijn eigen naam erbij in mijn boek opgenomen zou worden. Ik zwoer bij de Koran dat ik zijn wens zou honoreren.

Daarna wandelden we via de beruchte burcht van Gheebar naar de weilanden.

De woorden van Amrobne Djahesh heb ik letterlijk genoteerd:

'Ik heb mijn hele leven in synagogen doorgebracht en

heb bijna alle oude boeken gelezen, maar geen profeet heeft zo veel geweld gebruikt als deze Mohammad. Na de farao's heeft geen enkele figuur uit de historie de joden zo veel pijn gedaan als Mohammad.

Natuurlijk konden we die analfabete sprinkhaneneter niet als profeet aanvaarden. Hij verslond jonge vrouwen en bedacht soera's als rechtvaardiging om ons uit de weg te ruimen.

We zagen hem eerst als een ambitieuze opstandeling en later als een ambitieuze stamleider. Aanvankelijk konden we met hem aan tafel zitten en compromissen bespreken, maar zodra hij zich als een hedendaagse Mozes begon te gedragen, ontstonden er problemen.

Vanaf het moment dat we hem als een ongenadige leider zagen, zochten we natuurlijk naar bondgenoten om hem onderuit te halen. Eeuwenlang hadden we de macht gehad in Yasreb en beheersten we de markt. Maar toen hij de stad had overgenomen, deed hij alles om ons te verbannen. Uiteindelijk kreeg hij zijn zin en zette hij ons met onze vrouwen en kinderen buiten de poort. Hij beroofde ons van al onze bezittingen, zelfs van de schoenen van onze kinderen. Hij heeft mijn dorp Gheebar met de grond gelijkgemaakt en alle bomen verbrand.

We wisten dat hij niet betrouwbaar was, maar we hadden zijn persoonlijke kracht onderschat. Hij was ongewoon. En dat hadden we toen nog niet in de gaten.

Later verenigden alle joden zich en vielen we hem aan. Zonder resultaat. Hij won. Weer later vochten we samen met het leger van Mekka tegen hem. Opnieuw tevergeefs. Hij won.

Toen hij in het hele land de macht veroverd had, zagen wij geen uitweg meer. We moesten aanvaarden dat Mohammad een boodschapper was, dat Allah de nieuwe God was en dat de Koran het nieuwe heilige Boek was.

Zo schaarde hij zich door middel van geweld in de rij van de oude profeten en benoemde zichzelf zelfs tot de laatste profeet op aarde.

Deze slimme Mohammad heeft bijna tweederde van zijn Boek aangedikt met de verhalen uit onze Tora, maar overal in zijn Boek heeft hij de joden vervloekt.

Ik sta met één been in het graf, daarom ben ik niet bang om mijn mening te zeggen. En je mag het volgende in je boek noteren voor de mensen in de toekomst: "Nu u dit leest, ligt Amrobne Djahesh al dood in zijn graf, maar hij roept luid, vanuit zijn laatste rustplaats: Mohammad was geen boodschapper. Hij was de profeet der dieven!'"

77 AJESHE, DE LIEVELING VAN MOHAMMAD

De rust was in Medina teruggekeerd. Mohammad was veilig. Voorlopig nam hij genoegen met het goud van de joden en liet hij het karavaanverkeer met rust.

Om een beeld te schetsen van zijn leven in die rustige tijd, laat ik de oude bediende van zijn jonge lievelingsvrouw Ajeshe aan het woord. Ze heet Bete Kolsoem en ze is inmiddels in de zestig.

'Kolsoem, vertel me iets moois uit die tijd', zei ik.

'Iets moois,' zei Kolsoem glimlachend, 'wat kan ik je vertellen, even nadenken. Ik was altijd bij Ajeshe, ik was eigenlijk haar tweede moeder. Dat moest van Mohammad. Ik begeleidde haar toen Mohammad het bed met haar ging delen. En ik leerde haar hoe ze zich moest gedragen. Daarom kreeg ik de erenaam Bete Kolsoem, "de moeder des huizes".

O ja, ik weet iets leuks. Ik stond in mijn kamer en door het raam zag ik Mohammad en Ajeshe op de binnenplaats lopen. Mohammad was gek op haar. En Ajeshe kreeg alle vrijheid bij hem. Hij was ver boven de vijftig, zij was veertien jaar oud. Hij maakte grapjes met haar, trok aan haar rode haar, plaagde haar en rende weg en Ajeshe achtervolgde hem speels. Hij was soepel en sterk. Ajeshe sprong op zijn rug, beet hem in zijn oor en drukte hem op de grond. Mohammad knielde terwijl hij zijn oor van de pijn vasthield en Ajeshe lachte hardop en daagde hem weer uit om haar te vangen.

Een keer hoorde Ajeshe muzikanten op straat. Ze wilde naar hen kijken. Maar Mohammad had muziek net verboden. Ajeshe wilde niets van het verbod weten.

Ik hoorde Mohammad zeggen: "Ajeshe! Allah heeft muziek verboden."

Ajeshe antwoordde: "Maar jij bent mijn man."

"Ik kan niets voor je doen. Het is iets tussen jou en Allah", zei Mohammad.

"Maar jij bent mijn man."

Ajeshe kreeg Mohammad uiteindelijk zover dat hij zich bukte naast de muur zodat ze op zijn rug kon gaan staan en over de muur naar de muzikanten op straat kon kijken.'

Er schoot Kolsoem nog een anekdote te binnen: 'Mohammad en Ajeshe wandelden over een pad in de schaduw van de hoge dadelbomen. En ik liep als gewoonlijk een eind achter hen. Ajeshe zei: "Wie het eerste bij de laatste boom is."

En ze begonnen als twee gekken te rennen. Ik rende hen achterna om te kijken hoe het zou aflopen. Eerst lag Mohammad voor, maar toen haalde Ajeshe hem in en zij won. Ze sloeg zachtjes tegen zijn buik en zei: "Mijn man is dik geworden."

Voor Mohammad bleef die overwinning gevoelig. Hij had het altijd glimlachend over haar triomf. En ik merkte dat hij minder ging eten. Niet lang daarna nam hij Ajeshe mee naar hetzelfde pad en zei: 'Wie het snelste is? Tot die laatste boom?'

Ajeshe spurtte ervandoor, maar dit keer haalde Mohammad haar in en won.

Daarna sloeg hij zachtjes op haar billen en zei: "Mijn vrouw is dik geworden!"'

Nu Kolsoem dat vertelde, wist ik weer dat Mohammad van hardlopen hield. Tijdens de loopwedstrijden onder zijn mannen was hij een van de vaste deelnemers.

Worstelen vond hij ook leuk. Omar was zijn lastigste tegenstander. Van Omar kon hij nooit winnen.

Na zo'n worstelpartij zei Mohammad altijd: 'Omars lichaam is van ijzer als hij worstelt. In zijn ogen brandt het vuur van de hel. Alleen de duivel kan van hem winnen.'

Kolsoem gebaarde glimlachend dat ze nog iets wilde vertellen. 'Een keer liet Ajeshe me een soera van Mohammad zien waarin hij een aparte regeling voor zichzelf had toegestaan in de Koran. Moslimvrouwen mochten zich aan de profeet geven als ze het zelf nadrukkelijk wilden.

Ajeshe was woedend vanwege die tekst, woedend op Mohammad. Ze kon niet slapen van jaloezie en maakte ruzie met hem: "Wat goed van jouw Allah, dat hij je helpt met je lichamelijke verlangens."'

Een andere lievelingsvrouw van Mohammad was Hafsé, de vierentwintigjarige dochter van Omar.

'Hafsé kon iets wat Ajeshe niet kon,' zei Kolsoem. 'Hafsé kon lezen, dat kon Ajeshe ook. Hafsé kon schrijven, dat kon Ajeshe ook. Hafsé kon dichten, maar dát kon Ajeshe niet. Met haar charme kon Hafsé Mohammad zover krijgen dat hij zijn huiswerk ging doen om te leren lezen en schijven. Ook dat was Ajeshe niet gelukt.

Ajeshe kon niet stilzitten. Zodra Mohammad haar kamer binnenkwam, sprong ze op zijn rug.

Hafsé kon echter goed stilzitten en ze liet Mohammad zijn hoofd op haar schoot leggen en las hem een boek voor.

Ajeshe was nog maar een kind, ze gaf haar jeugd en haar schoonheid aan Mohammad. Hafsé borduurde een tekst van Mohammad met kleurrijke draadjes op haar zakdoek. Ajeshe ging dood van jaloezie, ze klaagde altijd bij mij: "Die heks probeert met rode, gele en groene draadjes mijn man te betoveren."'

78 DE GRACHT

Ook al was Mohammad niet concreet bezig voorbereidingen voor een volgende oorlog te treffen, Mekka hield hij voortdurend in de gaten. Hij had genoeg handlangers in Mekka die dat voor hem deden. Een van hen was Hamze. Hij vluchtte halsoverkop uit Mekka en galoppeerde dagen en nachten naar Medina om Mohammad voor een groot gevaar te waarschuwen. Hamze vertelde me zelf het verhaal:

'Mijn moeder werkte in de keuken van Aboesofjan. Ze vertelde me alles wat daar gebeurde en ik gaf die informatie door aan Mohammad. Maar wat ik ook probeerde, ik kon niet achterhalen wanneer Aboesofjan met zijn leger tegen Medina wilde optrekken. Het was een geheim dat hij in zijn hart bewaarde.

Op een dag zag ik dat hij met een leger van zo'n tienduizend man de stad verliet. Ik sprong op mijn paard en reed zo hard als ik kon richting Medina. Ik was dag en nacht onderweg en wisselde zeven keer van paard.

In Medina reed ik meteen naar de moskee waar Mohammad waarschijnlijk voor het avondgebed zou zijn. Ik deed snel mijn schoenen uit, holde naar hem toe, knielde uitgeput voor hem neer, kuste hem op zijn linkerschouder en fluisterde in zijn oor: "Ze zijn onderweg met tienduizend man. U hebt nog acht tot tien dagen de tijd."'

Mohammad stond onmiddellijk op.

'Waarschuw de mannen!' zei hij tegen mij.

Meteen reed ik, Zeeëd, de stad in om Aboebakar, Omar, Osman en Salman Parsi te waarschuwen.

Korte tijd later waren ze allemaal in de moskee. Ik regelde extra kaarsen, eten en drank. Tot diep in de nacht bleven ze beraadslagen en ze bespraken allerlei mogelijkheden.

De vijand buiten de stad in de bergen tegenhouden was onmogelijk, aangezien het om tienduizend man ging.

De poort dichthouden en de stad vanaf de muren verdedigen leek ook niet uitvoerbaar. De vijand had genoeg kracht en middelen om via de muren de stad binnen te dringen.

Plots kwam Salman Parsi met een briljant plan, een oude Perzische oorlogstechniek: 'We kunnen een gracht om de stad graven en de vijand buiten de gracht houden.'

Een gracht?

Niemand wist wat een gracht was. Hoe zag een gracht eruit?

Het woord was gevallen. Er was geen tijd voor bedenkingen.

'Breng de stamhoofden bij elkaar', zei Mohammad tegen mij.

Ik galoppeerde midden in de nacht naar de woningen van de stamhoofden en lichtte hen van hun bed: 'U moet onmiddellijk naar de moskee komen!'

Te paard kwamen ze een voor een aan bij de moskee.

‘We hebben alle inwoners van de stad nodig. Mannen, vrouwen, kinderen, iedereen’, zei Mohammad tegen de stamhoofden.

De volgende ochtend klommen de omroepers de daken op, ze bliezen op hun buizen en verkondigden de boodschap: ‘Iedereen moet met een schep, een houweel en een emmer naar de poort komen!’

Een paar uur later stonden er honderden mensen bij de poort. Mohammad sprak ze toe: ‘Medina gaat voor de eeuwigheid de geschiedenis in. De vijand is met tienduizend man onderweg. Allah heeft me opdracht gegeven om rond de stad een gracht te graven. Wie meedoet, zal genieten van zowel de heerlijke tuinen van Medina als de kostelijke tuinen in het paradijs. We hebben zeven dagen en zes nachten de tijd. We beginnen direct. Wie de stad verlaat, heult met de vijand, en wordt ter plekke neergehaald.’

De dichter Aboe Navaz schreef een gedicht, hij ging in het zadel van zijn paard zitten en sprak de massa toe:

‘Medina!
Jij! De bruid der steden van de wereld
We gaan je vereeuwigen
Met een gracht.
Vrouwen van Medina!
Neem afstand van je man in bed
Stuur hem de deur uit naar de poort
Van Medina.
Mannen! Pak de houwelen!

Graaf zes nachten lang!
Pas als jullie klaar zijn
Zullen de vrouwen komen met bekers
In hun handen
En met een bruid in hun midden
Voor de eeuwigheid.'

Iedereen begon met graven, scheppen, koken, zingen, ruziën, roken, lachen, soera's opzeggen en bidden. En het duurde zes onvergetelijke dagen en vijf ongelofelijke nachten tot de gracht gegraven was.

Alle mannen stonden daar in die lege, diepe gracht en niemand wist wat er nu ging gebeuren.

Mohammad pakte een schep en groef persoonlijk de sleuf naar de rivier buiten Medina. Iedereen juichte van geluk toen de rivier als een magische stroom de gracht in vloeide.

Aboesofjan naderde Medina met zijn tienduizend soldaten. Hij ging ervan uit dat hij de stad in één dag zou veroveren. Hij wist nog niets van de gracht, want de toegang tot de stad werd streng bewaakt onder leiding van Omar. Geen handlanger van Aboesofjan had de stad kunnen betreden of verlaten om hem te waarschuwen.

Aboesofjan verwachtte Mohammads leger ergens buiten de stad te treffen, maar er was geen man, geen ezel, geen hond, geen kameel te bekennen in de omgeving van Medina. In de verte zagen ze de muur van de stad en de poort, maar de gracht bleef nog onzichtbaar.

Toen ze dichterbij kwamen, zagen ze dat er een wonder was gebeurd. De stad was omgeven door water. Nooit eerder hadden ze zoiets gezien.

Medina was onbereikbaar geworden.

Aboesofjan bleef een hele week aan de andere kant van de gracht wachten. Hij was machteloos.

Wat kon hij doen? Niets.

Mohammad had de oorlog zonder bloedvergieten gewonnen.

79 DE SCHIKKING

Mekka begon in te zien dat het niet alleen om Mohammad ging, maar om een beweging die niet meer te ontkennen viel. En als ze de handel in Mekka veilig wilden stellen, hadden ze slechts één uitweg. Ze moesten bij Mohammad aankloppen.

Mohammad ontving de vredessignalen en reageerde positief. Er werden afspraken gemaakt voor een ontmoeting. Aboesofjan kwam met een kleine delegatie naar het stadje Hadide, dat tussen Mekka en Medina lag.

Ook Mohammad ging met zijn delegatie naar Hadide. En omdat ze hun vergadering niet in iemands huis wilden houden, kwamen ze buiten de stad bijeen, in de schaduw van de amandelbomen.

De delegaties wilden geen van beide gaan zitten, men stond tegenover elkaar. In twee halve cirkels op afstand.

Saaid bén Jobier was de kroniekschrijver van Aboesofjan.

Ik, Zeeëd, was de kroniekschrijver van Mohammad.

We gingen beiden op de grond zitten zonder elkaar een hand te geven. We waren nog vijanden.

Het gesprek begon. Staande namen de mannen om beurten het woord.

Daarna trokken de delegaties zich terug om zich te beraden en kwamen vervolgens weer tegenover elkaar staan om het gesprek voort te zetten.

Het duurde lang en het was spannend, maar je voelde dat beide partijen niet onverrichter zake naar huis wilden gaan. Ze wilden hoe dan ook een doorbraak bewerkstelligen.

Na een halve dag stevige gesprekken werd de volgende overeenkomst gesloten:

- Tien jaar lang wapenstilstand
- Mohammad valt de karavanen niet meer aan
- Mekka vormt geen alliantie tegen Mohammad
- Mohammad vormt geen alliantie tegen Mekka
- Mohammad mag met zijn mannen de Kaabé bezoeken op heilige dagen, maar ze mogen dan geen ander wapen bij zich dragen dan hun eigen zwaard
- Wanneer Mohammad met zijn mannen Mekka binnen gaat, blijven de inwoners van Mekka in hun huizen.

De hel brak echter los toen Mohammad met zijn zegelring de akte wilde paraferen. De delegatie van Mohammad wilde de slagzin van de Koran boven aan het protocol schrijven: 'Besmellahé rahmane rahim; in de naam van Allah, de Erbarmer, de Barmhartige.'

De delegatie uit Mekka wilde er niets van weten. Ze zeiden: 'Het is nergens bewezen dat jullie Allah een erbarmer en een barmhartige is.'

Na een lange, bijna gewelddadige discussie werd de zin uitgekleed tot: 'Besme rabok; in de naam van de Maker.'

Maar daar bleef het niet bij. De volgende felle discussie ging over de zegelring van Mohammad. Hij ondertekende met zijn zegelring. 'Mohammad, de boodschapper van Allah.'

De delegatie uit Mekka was echter van mening dat ze de boodschapper niet kenden. Mohammad moest met zijn eigen officiële naam paraferen, dus met Mohammad ebne Abdollah, Mohammad, de zoon van Abdollah.

Tot grote ontevredenheid van zijn kamp ging Mohammad akkoord en tekende als Mohammad ebne Abdollah.

Toen pas drukten Mohammad en Aboesofjan elkaar de hand.

Wij, de notarissen, drukten ook elkaars handen.

Zo ook leden van beide delegaties, zij het wat onwennig en ongemakkelijk.

Het kamp van Mohammad was boos op hem, omdat hij zo veel compromissen had toegestaan, maar hij zei: 'Heb geduld. Allah heeft me gevraagd deze schikking te treffen. Ik weet niets. Hij weet alles.'

Toen reden we allemaal juichend terug naar Medina.

80 MOHAMMAD WORDT ONSCHENDBAAR

Een week later riep Mohammad me in zijn kamer. Hij deed de deur dicht en zei: 'Pak je paard en rijd zonder te stoppen naar Habashe.'

Met gebogen hoofd luisterde ik zwijgend.

'Niemand mag weten waar je naartoe gaat. Eenmaal daar ga je op zoek naar de dochter van Aboesofjan.'

Habibé, de jonge dochter van Aboesofjan, woonde in het buurland Habashe. Ze was onlangs weduwe geworden en had drie kinderen.

Mohammad stopte een halssnoer met kleurrijke edelsteentjes in mijn hand en zei: 'Vraag de hand van Habibé voor de boodschapper van Allah. Alles moet onmiddellijk gebeuren. Geef haar niet de kans om nee te zeggen.'

Ik kende Mohammad beter dan mezelf, daarom verbaasde ik me nooit over de onverwachte opdrachten die ik van hem kreeg. Meteen zadelde ik mijn paard en ik vertrok. Ik was lang onderweg voor ik haar stad bereikte. Al vragend ging ik op zoek naar Habibé en ik vond haar in een groot stenen huis achter de markt. Haar bediende deed open.

'Ik ben een bode uit Medina. Ik heb een boodschap voor Habibé, de dochter van Aboesofjan.'

Ze bekeek me aandachtig. Het stof van de reis zat nog op mijn gezicht en op mijn schouders en mijn paard had dorst. Ze liet een knecht mijn paard naar de stal brengen. Ik kreeg een kom water en mocht op de binnenplaats wachten.

Het duurde niet lang tot een jonge knappe vrouw zich liet zien, terwijl haar drie kleine kinderen achter haar aan renden. Habibé, wist ik en ik zag een gelijkenis met haar vader in haar gezicht.

Ik boog licht: 'Zeeëd is mijn naam. Ik ben de bode van Mohammad de boodschapper.'

Haar bediende stond op een afstand te kijken en haar knechten hielden alles van achter de vensters in de gaten.

'Ik heb een boodschap voor u die ik alleen onder vier ogen kan bespreken.'

Ze nam me mee naar haar gastenkamer. Ik overhandigde haar het halssnoer en zei: 'Ik heb de opdracht om uw hand voor de boodschapper te vragen', en ik gaf haar de persoonlijke brief van Mohammad. De dochter van de machtigste man van Mekka wist hoe ze zich moest gedragen. Ze had meteen door waar het om ging.

Ze las de brief en keek door het raam naar buiten.

De dochter van Aboesofjan was niet alleen mooi, ze was ook slim. Ze had niet veel woorden nodig. Ze had vast en zeker de geruchten over een vredesovereenkomst tussen Mohammad en haar vader gehoord.

'Hoeveel bedenktijd heb ik?' zei ze.

'Geen bedenktijd,' zei ik, 'als u akkoord gaat, zal ik meteen alles regelen en kunnen we morgenvroeg vertrekken. Niemand weet ervan.'

Ze liep heen en weer over de binnenplaats.

Ze begreep dat ze de beslissing alleen moest nemen, dat het onmiddellijk moest gebeuren en dat het geheim moest blijven totdat ze Medina had bereikt, totdat ze het huis van Mohammad was binnengegaan.

Wat dacht ze? Ik ging bij het raam staan en volgde haar.

Zo liet ze zien dat ze de dochter van Aboesofjan was. Haar antwoord schitterde om haar hals toen ze weer naar binnen kwam. Ze had het halssnoer van Mohammad omgedaan.

Toch stelde ik officieel de vraag: 'Gaat u akkoord met het verzoek van Mohammad de boodschapper?'

'Ik ga akkoord', zei ze.

Ik zei een korte soera uit de Koran op en zegende zo haar huwelijk met Mohammad.

De volgende dag vertrokken we met haar kinderen en haar knechten op zeven kamelen naar Medina.

Toen deze kleine karavaan via de poort de stad binnenkwam, wist nog niemand wie de vrouw was en wat haar aanwezigheid zou betekenen.

Habibé ging meteen met haar kinderen naar het huis van Mohammad. Hij verwelkomde hen en veegde het stof van de schoenen van zijn bruid met zijn blote hand weg, terwijl ze nog in het zadel van haar kameel zat.

Toen werd het bericht algemeen bekendgemaakt.

Aboesofjan ontving het bericht ook.

Zijn grote vijand Mohammad was zijn schoonzoon

geworden. En lid van hun stam. Nu mocht niemand Mohammad in Mekka doden zonder directe toestemming van Aboesofjan.

81 HAFSÉ, DE RIVALE VAN AJESHE

Mohammad was al bekend in het hele land, maar de wonderlijke overwinning met de list van de gracht had hem grote roem gebracht. Hij had een oorlog tegen het leger van Mekka gewonnen zonder zijn zwaard aangeraakt te hebben.

En hij had de dochter van Aboesofjan in zijn bed gekregen.

Mohammad kon dan geen wonderen verrichten op de manier waarop Mozes en Jezus dat gedaan hadden, hij was zelf een wonder geworden.

Het leek alsof hij onaantastbaar was. Hij hield alles in de gaten en besprak alles tot in de kleinste details met zijn adviseurs om eventuele schade te beperken.

Omdat hij al zijn aandacht op Mekka gevestigd had, had hij nauwelijks tijd voor Ajeshe. Hij zag niet dat hij de giftige jaloezie van Ajeshe gewekt had doordat hij met de mooie Habibé had geslapen.

Ook was hij vergeten dat de dichters van Mekka, die meesters waren in het spotten, al jaren op een voorval wachtten om hem klein te krijgen.

Zij zochten. Zij vonden.

Mohammad, die een solide compromis met Mekka had bereikt, had nu zijn handen vrij om de rest van het verzet, zoals dat van de joden in de dorpen tussen Medina en Mekka, te breken.

Elke keer als hij met zijn leger Medina verliet, nam hij een van zijn vrouwen mee.

Toen het de beurt was van Ajeshe om hem te vergezellen, gebeurde er iets wat verstrekkende gevolgen voor de vrouwen op aarde zou hebben.

Niemand beter dan Hafsé kon het verhaal vertellen, want zij had het van nabij meegemaakt. Ze was de dochter van Omar en de tweede jonge geliefde vrouw van Mohammad.

Hafsé en Ajeshe waren elkaars concurrenten.

Nu ze beiden weduwe van Mohammad waren, bezocht ik Hafsé. Ze ontving me in haar dromerige gastenkamer waar ze door zeven dienstmeisjes omringd werd. De een stak haar waterpijp aan, de ander bracht haar een kopje thee op een gouden blad, en weer een ander kwam met lekkernijen.

'Ajeshe was geraffineerd en dat is ze nog', zei Hafsé. 'Vroeger gedroeg ze zich alsof Mohammad maar één vrouw had en dat was zij. Tegenwoordig gedraagt ze zich alsof ze de enige weduwe van Mohammad is. Ze doet zich voor als de koningin van het land. Kijk hoe ze woont; ze rijdt op olifanten.

Laat haar de koningin zijn, maar laat niemand het verhaal vergeten dat ik nu ga vertellen.

Mohammad wilde weer vertrekken met zijn leger. Deze keer zou zijn oude vrouw Salame meegaan. Maar Ajeshe kocht haar om met een ketting en ging in haar plaats.

Ajeshe was een sluwe vos, niemand had kunnen denken dat ze er een minnaar op na hield. Hoe haal je het in je hoofd als je de vrouw van de boodschapper bent? Maar zij had een minnaar en Mohammad verdedigde haar, helaas.

Toen de strijd gestreden was en ze op weg naar huis waren, stopten ze ergens in de woestijn voor de middagrust. Ajeshe trok zich stiekem terug; ze verstopte zich achter een zandheuvel en wachtte tot iedereen weg was. Pas toen het leger weer in Medina was, miste men Ajeshe. Ze zochten haar overal, maar tevergeefs. De arme Mohammad dacht dat zijn mooie roodharige vrouw door de verslagen joden was gestolen. Maar de joden verzekerden hem dat zij haar niet meegenomen hadden.

De volgende dag verscheen Ajeshe bij zonsopgang op een kameel voor de poort van Medina.

Van wie was die kameel? Van de jonge knappe krijgsheer Safan.'

Ik, Zeeëd, weet het nog. De arme Mohammad stond machteloos toen hij het bericht hoorde.

Hij deed een poging om de schade te beperken, maar het was te laat, de dichters hadden hun pen al gescherpt en de spotdichten werden door de vijanden als zoete broodjes in het hele land verspreid:

'Waar is Ajeshe?
Achter de zandheuvel.
Wat doet ze daar?
Wij weten het niet.
Alleen de Allah van Mohammad weet het.
Want Hij weet alles.'

82 DE HOOFDDOEK

Mohammad nam Ajeshe mee naar huis en deed de deur van binnen op slot. Ze begonnen ruzie te maken en de hel brak los in huis.

Kolsoem, de persoonlijke bediende van Ajeshe, heeft alles gehoord. Ajeshe vertelde huilend dat ze verschoond was van elke blaam.

'Waar was je?' riep Mohammad van streek.

'Ik moest naar de zandheuvel', zei Ajeshe huilend.

'Waarom kwam je niet toen we vertrokken?'

'Ik kwam terug, maar ik merkte dat ik mijn dierbare halssnoer, dat jij me gegeven hebt, had verloren. Ik bleef er lang naar zoeken en toen waren jullie allemaal weg.'

'Je liegt!' riep Mohammad.

'Ik lieg niet! Ik lieg niet! Ik lieg niet!' gilde Ajeshe en ze begon zichzelf te slaan.

Mohammad hield van haar, hij kon haar pijn niet verdragen.

'Wat moet ik nu tegen de mensen zeggen?'

'Allah weet dat ik onschuldig ben', riep ze terug.

'Ga je gezicht wassen! Ik ga nadenken over wat ik moet doen', zei Mohammad uitgeput.

'Je bent mijn man, de boodschapper. Je kunt veel', merkte Ajeshe op.

En daar bleef het bij.

Maar Mohammad kon de mond van de dichters niet snoeren. De druk werd steeds groter. Zelfs de krijgsheren lieten hun ontevredenheid blijken. Ali liet merken dat hij geen genoegen nam met Ajeshes uitleg en Omar en Osman suggereerden dat hij Ajeshe tijdelijk naar haar ouderlijk huis moest sturen.

Mohammad had geen keus. Tegen zijn zin volgde hij hun raad op.

De rust keerde even terug. Maar volgens Hafsé duurde dat niet lang.

'Mohammad had Ajeshe naar het huis van haar vader, Aboebakar, gestuurd. Hijzelf lag in die tijd bij mij in bed,' vertelde Hafsé, 'maar hij kon niet slapen, hij had het de hele nacht door over Ajeshe. Hij was gek op haar, huilde in mijn bed.

Hij vervloekte de dichters. Hij zei dat het dwazen waren. In de vroege ochtend liet hij me alleen achter.'

Mohammad stormde naar het huis van Aboebakar. Hij klopte op de deur en Kolsoem deed open.

'Waar is Ajeshe?' riep hij.

Wederom ontstond er een harde woordenwisseling tussen hen. Daarna begon Ajeshe zacht te huilen en te klagen: 'Mohammad de boodschapper legt zijn oor te luisteren bij de verklikkers. Ik heb veel gewicht verloren, ik ben mager geworden. Ik ben niet meer mooi. Mijn gezicht is bleek. En dat komt niet door de dichters, maar door mijn man.

Hij wordt mijn dood.

Hij weet dat ik onschuldig ben, maar hij doet niets.'

Mohammad begon te trillen, hij begon onduidelijk te praten. Ajeshe kende die momenten, ze wist dat hij een nieuwe tekst van Allah binnenkreeg. Ze kwam onmiddellijk overeind, pakte een deken, trok die over zijn hoofd en schouders en hielp hem in bed. Mohammad bewoog onder de deken, hij ratelde. Hij was in gesprek met Allah. Het duurde even voordat hij de boodschap ontvangen had. Daarna viel hij als een blok in slaap.

Ajeshe schoof de deken weg. Het zweet liep van Mohammads hoofd in zijn nek, ze veegde het met de zoom van haar jurk weg en kuste hem op zijn hoofd. Mohammad had van Allah de opdracht gekregen om Ajeshe weer mee naar huis te nemen.

De soera heb ik genoteerd:

> 'Zij die de getrouwde fatsoenlijke vrouwen beschuldigen van overspel en niet met vier getuigen komen, sla hen met tachtig zweepslagen. Van hen moeten jullie later geen getuigenis accepteren. Zij zijn foute mensen.
> Zij die eerbare vrouwen die geen kwaad kennen, van losbandigheid beschuldigen, worden vervloekt in dit leven en in het latere leven. Hun wacht een harde bestraffing.
> Op een dag zullen hun tong, hun handen en hun voeten getuigen van wat ze gedaan hebben. Op die dag zal God bepalen wat ze verdienen en ze zullen begrijpen dat Allah de waarheid kent.
> Mohammad, zeg tot de gelovige mannen dat zij

> hun ogen neerslaan en hun kuisheid bewaren. Dat is zuiver voor hen. Allah weet alles.
> En zeg tot de gelovige vrouwen dat zij hun ogen neerslaan en dat ze hun kuisheid bewaren. Dat zij van hun sieraad niet meer laten zien dan wat gewoonlijk al zichtbaar is. Dat ze hun sluiers over hun borsten laten hangen en dat ze hun sieraad aan niemand laten zien anders dan aan hun mannen, hun vaders, hun zonen, de zonen van hun mannen, hun broers, de zonen van hun broers, de zonen van hun zusters, de vrouwen van hun eigen geloof, hun mannelijke bedienden die geen behoefte aan vrouwen hebben, en de kinderen die nog niet op het lichaam van vrouwen letten.
> Mohammad, zeg tegen vrouwen dat ze niet hard met hun voeten op de grond moeten stampen om te voorkomen dat het verborgen sieraad van hun voeten zichtbaar wordt.'

Vanaf dat moment moesten de vrouwen in het openbaar een hoofddoek omdoen en ze mochten hun schoonheid niet meer aan vreemde mannen tonen.

Vanaf die tijd begonnen mensen hun huizen van een deurklopper te voorzien. Als de vrouwen de deurklopper hoorden, verdwenen ze de kamers in.

83 OPMARS NAAR MEKKA

Na die duidelijke taal van Allah over Ajeshe verstomden de roddels. En om het strafrecht te bekrachtigen werden twee dichters op het marktplein berispt met tachtig zweepslagen. Zij hadden alsnog nieuwe spotdichten verspreid.

Bovendien was het onrustig in Medina, er gebeurde elke dag wel iets nieuws en men kon zich niet lang met Ajeshe bezighouden. Mohammad had een wapenstilstand voor tien jaar gesloten met Mekka, maar alleen ik, Zeeëd, en Allah wisten wat voor duivels plan hij in zijn hoofd had.

Uit alle hoeken van het land kwamen dagelijks tientallen jongemannen alleen of in groepjes om zich bij Mohammads leger te melden. Hij viel alle joodse dorpen die tussen Medina en Mekka lagen een voor een binnen. Hij ontwapende de mannen en nam de wapens mee naar Medina.

Twee jaar later verscheurde Mohammad de overeenkomst en hij vertrok onverwachts met vijftienduizend man richting Mekka.

Behalve zijn raadgevers wist op dat moment niemand waar hij met zijn leger naartoe ging. Ze wilden het tot op het laatst geheimhouden.

De zon was net opgekomen toen Mohammad buiten Medina op een verhoging ging staan en zich tot zijn leger richtte: 'Jij schiet. Maar Hij schiet. Jij doodt. Maar Hij doodt.'

Het was een boodschap die hij vannacht van Allah gekregen had. Hij riep: 'Allah vecht met ons mee.'

Al zijn mannen juichten en staken hun zwaarden in de lucht.

Aboesofjan ontving een spoedbericht van zijn handlangers dat Mohammad met een groot leger Medina verlaten had. Het was de heilige vastenmaand Ramadan. Hij had overal rekening mee gehouden, maar niet met een oorlog, en al helemaal niet met een onverwachte opmars van Mohammad naar Mekka. Want Mohammad had zich tot nu toe strikt aan de afspraken van het vredesakkoord gehouden. Hij viel de karavanen niet meer aan en was zelfs een keer met een groep volgelingen naar Mekka afgereisd. Bovendien had Aboesofjan Mohammad de afgelopen twee jaar regelmatig ontmoet en hadden ze met elkaar gegeten en gepraat. Dit nadat Mohammad met zijn dochter getrouwd was.

Maar nee, er was geen twijfel mogelijk: Mohammad kon maar naar één plek onderweg zijn en dat was Mekka.

Ik, Zeeëd, reed te paard achter Mohammad. We waren nu vlakbij Mekka en het leger stopte op een veilige afstand van de stadsmuur, waar de pijlen ons niet bereiken konden.

Het was een allesbepalende oorlog. Mohammad had het machtssysteem van de joden compleet uitgeschakeld. Toch werd er tijdens de besprekingen altijd over hen gesproken. Ze konden voorlopig niet meer in opstand komen, maar als Mohammad de oorlog tegen Mekka zou verliezen, zouden ze al hun krachten kunnen bundelen om Medina weer te veroveren.

Mohammad moest deze keer winnen; hij had geen andere mogelijkheid opengehouden. Hij was bereid Mekka te vernietigen als het nodig was.

De inwoners van Mekka waren geschrokken van de onverwachte aanwezigheid van het leger voor de poort van de stad. Iedereen rende bang naar huis en deed de deuren stevig dicht. De mensen wisten wat ze Mohammad hadden aangedaan en wat hun te wachten stond als hij de stad zou binnenvallen. Ze wisten dat hij in staat was uit wraak de stad in brand te steken.

Mohammads eerste doel was om de stad zonder vechten te veroveren. Daarvoor had hij op Aboesofjan gerekend. Want Habibé had getracht een prille vriendschap tussen haar man en haar vader tot stand te brengen en was een vertrouwelijke bode tussen deze eigengereide mannen geweest.

Ze nam de groeten van Mohammad voor haar vader mee als ze op familiebezoek naar Mekka ging en bracht de groeten van haar vader mee voor Mohammad als ze terugkeerde naar Medina.

Nu stond Mohammad opeens voor de poort van Mekka. En Aboesofjan voelde Mohammads zwaard in zijn nek.

Mohammad had Ali van tevoren naar Mekka gezonden om zijn oom Abbas te ontmoeten en hem als bemiddelaar naar Aboesofjan te sturen.

Jaren later sprak Ali over die dag:

'Ik ging vermomd als handelaar Mekka in. Ik mocht pas op het moment dat Mohammad met zijn leger voor de poort van Mekka stond op de deur van Abbas kloppen.

Nu was Mohammad er en ik liep door de straten van Mekka. De grote handelaren vluchtten de stad uit. De slavenhouders lieten hun velden en akkers over aan hun slaven en namen hun toevlucht tot de grotten in de bergen.

Iedereen rende zijn huis in en timmerde de deuren van binnen dicht. De winkeliers laadden hun bezittingen op kamelen en brachten alles naar huis om het veilig te stellen. Ze wisten dat als het leger de stad binnen zou vallen, Mohammads volgelingen alle winkels zouden plunderen.

Het was een chaos, ik had Mekka nog nooit zo gezien. De mensen reageerden zo angstig; er was geen spoor van vechtlust te bekennen.

Ik liep op mijn gemak naar het huis van Abbas en klopte aan. Zijn knecht opende de deur op een kier en vroeg wat ik wilde. Ik zei dat ik een bode uit Medina was en dat ik Abbas persoonlijk wilde spreken. De knecht schrok toen hij het woord "Medina" hoorde, deed de deur dicht en liet me buiten wachten.

Even later werd de deur weer geopend. Dit keer was het Abbas zelf. Ik groette hem, hij herkende me, nam me naar binnen en ik vertelde hem meteen het volgende: "Mohammad heeft u gevraagd om als Allahs bemiddelaar met Aboesofjan te praten. Mohammad eist dat Aboesofjan te voet door de poort de stad uit loopt, naar hem toe. Dat is de boodschap. Verder heb ik niets te vertellen."

Abbas trok zijn jas aan en riep: "Mijn paard!'"

84 DE KAABÉ

Het leger stond nu paraat en wachtte op het bevel van Mohammad om aan te vallen.

Behalve Aboebakar, Omar, Osman, Ali en ik wist niemand dat Mohammad zijn oom Abbas als bemiddelaar naar Aboesofjan had gestuurd.

De poort van Mekka was dicht en ik zag dat Mohammad zijn ogen niet van de poort kon afhouden. Op de muren stonden soldaten. Ze hadden hun pijlen op ons gericht.

Omar en Osman leidden onverstoorbaar de voorbereidingen. De vaklieden maakten ladders waarmee de strijders straks over de muren de stad binnen zouden komen. Sterke mannen hadden grote dadelbomen omgekapt om daarmee de poort van de stad kapot te beuken. De kamelen en paarden werden achter de frontlinie gebracht. De troepen bereidden zich voor op een straatgevecht.

Omdat het de heilige maand Ramadan was, had Mohammad een uitzondering gemaakt. Hij had bevel gegeven dat zijn soldaten goed moesten eten en drinken.

Mohammad wachtte.

Ik wachtte.

Mohammad keek naar de poort.

Aboesofjan verscheen, hij zette een paar stappen en bleef toen staan. Ook Abbas kwam naar buiten, liep naar Aboesofjan en bleef naast hem staan.

Mohammad riep: 'In positie!'

Het leger stelde zich op. Mohammad gebaarde naar mij. Ik spoorde mijn paard aan één stap naar voren te zetten en bracht mijn oor naar hem toe.

Daarop galoppeerde ik naar Omar, boog me voorover en fluisterde: 'Marcheer naar Aboesofjan! Ontvang hem als een koning en begeleid hem naar de tent van Mohammad.'

Omar pakte de groene legervlag, hield hem hoog in de lucht en reed met een groep van zijn mannen te paard naar Aboesofjan. Toen hij vlak bij was, steeg hij af en liep met de vlag in zijn hand naar Aboesofjan toe. Hij liet zijn vlag een klein stukje zakken en nodigde hem zo uit om met hem mee te gaan. Aboesofjan volgde Omar, terwijl de ruiters hen statig begeleidden.

Omar riep: 'Pijlen laten zakken!'

Het leger richtte de pijlen naar de grond.

Mohammad verwelkomde Aboesofjan voor zijn witte tent en nodigde hem uit om binnen te treden. Ik liet het gordijn voor de opening van de tent vallen.

Na een kort gesprek verscheen Mohammad weer voor de tent en zei: 'Haal mijn kameel!'

Het was de witte kameel waar Mohammad tijdens de feesten in Medina op reed. De kameel had een lief gezicht, liep waardig en straalde rust uit. Ik liet het dier voor de voeten van Aboesofjan knielen. Hij ging erop zitten en ik liet hem overeind komen.

Zo reed Aboesofjan terug de stad in.

Ali stond op dat moment vlakbij de poort. Hij kon alles zien en wachtte op wat komen ging.

'De inwoners van Mekka die de winkels op de bazaar gesloten hadden en in hun huizen verbleven,' zei Ali, 'hielden door de ramen de stad in de gaten. Er bewoog echt niets, de mensen hadden zelfs hun honden en katten tot stilte gemaand.

Toen Aboesofjan op de witte kameel van Mohammad de stad binnen reed, kon ik het niet geloven. Zou dit betekenen dat Mohammad de stad veroverd had? Zou de kameel echt het symbool van de overwinning zijn? Ik trok me terug in een steeg en liet Aboesofjan passeren; ik kon echter niets aan zijn houding aflezen. Toen hij voorbij was, liep ik hem op een afstand achterna. De mensen keken van achter de ramen naar hem. Hij reed rechtstreeks naar zijn huis, ging naar binnen en deed de deur dicht.'

Ik, Zeeëd, zie nog hoe de omroepers van Mohammad met hun koperen buizen op kamelen de stad in reden en aankondigden:

'Wie thuis blijft, is veilig.
Wie zijn toevlucht in het huis van Aboesofjan genomen heeft, krijgt amnestie.
Wie de deur uit gaat, wordt gedood.
Iedereen blijft binnen tot de volgende oproep!'

Mohammad reed vervolgens op zijn paard de stad binnen en achter hem volgde het leger in drie colonnes.

De eerste colonne stond onder leiding van Aboebakar, deze volgde Mohammad en liep rechtdoor naar het plein van de Kaabé.

De tweede colonne stond onder leiding van Omar, hij nam het rechterpad naar het plein van de Kaabé.

De derde colonne stond onder leiding van Osman, hij nam het linkerpad naar het plein van de Kaabé.

Toen alle drie de colonnes op het plein van de Kaabé bij elkaar waren gekomen, steeg Mohammad af en liep met zijn zwaard in de hand de Kaabé in.

Direct achter hem volgde ik met een lange bundel dik touw over mijn rechterschouder.

Mohammad liep naar Ozzat, de belangrijkste afgod van Mekka. Hij gooide het touw om de nek van de grote stenen god en trok hem naar beneden. Ozzat brak in stukken op de grond, de vloer trilde, offergeschenken, lantarens en fakkels vielen.

Mohammad hield de grootste afgod, Habel, achter. Toen hij later de eerste moskee van Mekka bouwde, gaf hij opdracht de afgod Habel voor de ingang van de moskee te begraven, zodat iedereen die de moskee binnenging, over Habel zou lopen.

Mohammad ging naar buiten en gebaarde naar Balal, de omroeper.

Balal zette een ladder tegen de muur van de Kaabé, klom op het dak en riep:

'La ilaha ella Allah
Mohammaden rasoelallah!'

Onder leiding van Omar gingen vijfendertig sterke mannen met grote sloophamers de Kaabé in. Ze vernielden de andere afgoden, brachten de restanten naar het plein en gooiden ze op een hoop. Al het goud en alle sieraden werden in grote zakken gestopt, op de kamelen geladen en ter bewaring naar het voormalige huis van Aboebakar gebracht. De zon was net achter de bergen gezakt toen men klaar was met het leegruimen van de Kaabé.

Mohammad ging op een verhoging staan en riep:

'De Kaabé is het Huis van Allah!'

En hij gaf bevel om het te eren.

Vijftienduizend mannen liepen zeven keer rond de Kaabé en zongen:

'Labeek, lahom labeek!
Wahdahoe wahdahoe wahdahoe wahadah!'

Gedurende de nacht werden tientallen mannen uit hun huizen gehaald en onmiddellijk omgebracht. Het waren degenen die bloed aan hun handen hadden en onder geen beding gratie konden krijgen. Mohammad bleef vijftien dagen in Mekka. Daarna droeg hij de leiding van de stad over aan Aboebakar en ging terug naar Medina.

85 DE KORAN EN HET ZWAARD

Ik was niet meer de Zeeëd die ik vroeger was.

Ik zat niet meer op de grond te noteren. Ik was de kroniekschrijver van Allahs Rijk geworden.

In de moskee van Medina werd een aparte kamer voor me ingericht, waar een werktafel stond met mijn ganzenveren en inktpot. Ook lagen er allerlei rollen papier en perkamenten in de kast. De muren had ik zelf versierd met teksten uit de Koran, die ik op grote witte doeken had geschreven.

De tijd dat ik slechts één paar schoenen had en ze droeg tot ze kapot waren, was voorbij. Nu had ik diverse paren schoenen en meerdere jassen, die ik naar gelang de gelegenheid droeg.

Ik las meer boeken dan ooit, want nu kon ik elk boek bestellen dat ik wenste.

Ik deed het niet voor mezelf, maar voor Mohammad, omdat hij de machtigste man van het land was en omdat ik wist dat hij de machtigste man van de wereld zou worden.

Zo'n leider had een elegante, erudiete kroniekschrijver nodig.

Mohammad kwam regelmatig mijn werkruimte binnen.

'Doe de deur op slot', zei hij eens.

Ik deed de deur van binnen op slot en begreep dat hij een belangrijke brief wilde laten schrijven.

'Drie brieven met dezelfde inhoud', zei hij.
'De lengte van de tekst?' vroeg ik.
'Een korte brief', zei hij.
'Op welk soort papier?'
'Bijzonder papier!' zei hij.
Ik sneed drie stukken melkblank papier af dat uit China kwam. Ik pakte mijn fijnste pen en keek naar Mohammad, klaar om zijn woorden op te schrijven.
Hij dicteerde, ik schreef:

Van de boodschapper van Allah
Aan Parviz, de koning van het Perzische Rijk

In de naam van Allah
Ik vraag de koning der Perzen om de islam te aanvaarden.
Aanvaardt hij het, is hij veilig.
Aanvaardt hij het niet, is hij persoonlijk verantwoordelijk voor de gevolgen.

Getekend,
Mohammad de boodschapper

Toen de grote Perzische koning de brief van Mohammad had gelezen, verscheurde hij die en gooide hem op de grond. Vervolgens stuurde hij de bode met lege handen weg.

Zeven jaar later viel Omar met geheven zwaard en met duizenden soldaten het Perzische Rijk binnen. De soldaten plunderden de paleizen en Omar stak ze persoonlijk in brand.

De aanval was zo onverwachts en zo hevig dat Parviz geen tijd had om na te denken. Hij sprong op zijn paard en ontsnapte naar de oostelijke grenzen. 's Avonds klopte hij uitgeput op de deur van een watermolen met de vraag of hij er de nacht mocht doorbrengen.

De molenaar wist niet wie hij was. 's Nachts onthoofdde hij hem voor zijn dure jas.

De tweede brief werd naar Herakleios, de keizer van het Byzantijnse Rijk, gestuurd.

Toen de keizer de brief las, onthoofdde hij persoonlijk de bode. Mohammad viel met zijn leger het Byzantijnse Rijk binnen, maar werd verslagen.

Hij ging niet verder en wist door zijn leger terug te trekken de schade beperkt te houden.

De derde brief werd naar Nadjashi, de koning van het buurland Habashe, gestuurd.

Hij aanvaardde de islam en stuurde goud, bijzondere geurige kruiden, prachtige stoffen en twee buitengewoon mooie slavinnen naar Mohammad.

Deze twee beeldschone vrouwen heetten Marihe en Sirin.

Mohammad sliep met beiden in dezelfde nacht.

86 NACHTREIS

Het ging goed met Mohammad. Overdag straalde hij als de zon en 's nachts als de maan. Hij wist alle stammen van het land onder zijn groene vlag te verenigen. Nu was de tijd aangebroken dat hij een bezoek aan Allah moest brengen om samen met Hem over hun wereldplannen te spreken.

Ik hoorde het voor het eerst op de markt.

'Mohammad heeft door de hemel gereisd.'

'Wat?'

'Hij heeft Allah op de zevende verdieping van de hemel ontmoet.'

'Van wie heb je dat gehoord?'

'Iedereen weet het. Iedereen praat over zijn nachtreis.'

Ik, Zeeëd, wist niets van zijn bezoek aan Allah. Mohammad had nooit een woord over zijn nachtelijke reis laten vallen in mijn aanwezigheid.

De mensen wisten zelfs wat Allah aan Mohammad verteld had en welke opdrachten hij gekregen had:

'Mohammad! Val het Perzische Rijk aan. Bevrijd de Perzen van die corrupte koningen. Ontbind hun valse geloof van Zarathoestra. En vernietig al hun vuurtempels. Er is maar één God en dat ben Ik: Allah!'

Verder weet ik niets over die nachtreis, maar hij staat vermeld in de Koran:

'Geprezen zij Hij die Zijn dienaar bij nacht een reis liet maken. Door het heelal.'

Ik, Zeeëd, ben slechts een katieb, een kroniekschrijver, daarom mag ik mijn eigen mening niet verkondigen. Maar dit keer moet het voor mijn toekomstige lezers duidelijk zijn waar ik mijn gegevens vandaan heb gehaald.

Ik kan niet vaststellen of het eerst Mohammad was die over zijn nachtreis heeft verteld of dat het de mensen op straat waren die deze reis voor hem verzonnen hebben. Maar ik heb een eigen versie van de nachtreis, die ik pas later van Mohammad heb gehoord.

Het was na de overwinning op Mekka. We waren in Medina in het huis van Mohammad, we stonden op de binnenplaats. Opeens kwam Ajeshe met haar bediende aanlopen. Ze stevende op Mohammad af en zei: 'Waarom weet iedereen het behalve ik? Waarom moet ik het van anderen op de markt horen? Ben ik soms niet de vrouw van de boodschapper?'

'Ik wist het van tevoren ook niet. Ik zal nooit kunnen weten wat Allah van plan is. Hij weet alles, en ik weet niets,' zei Mohammad glimlachend, 'maar ik zal je iets vertellen wat nog niemand weet.'

Ik, Zeeëd, kon niet uitmaken of hij serieus was of dat hij Ajeshe wilde vermaken.

'Ik lag alleen in bed,' zei Mohammad, 'en dacht met gesloten ogen na. Opeens hoorde ik mijn naam. Ik werd uitgenodigd om bij Allah te komen. Ik was nog niet van het geluk bekomen, toen er een wit paard met vleugels verscheen. Ik nam plaats in het zadel en het paard vloog met ongekende snelheid door de lucht. We passeerden de maan en andere planeten die ik nog nooit gezien had. Ik voelde dat het paard dwars door de verschillende verdiepingen van de hemel vloog. Toen we bij de zevende verdieping waren, stopte het voor een statige poort, ik steeg af en liep naar binnen. Het was een grote, wonderlijke tuin met oude bomen, aparte geurige bloemen, magische watervallen, mysterieuze vogels, goudkleurige vliegjes, zilveren vlinders, rode mieren, elegante katten met glanzende, groene ogen en grote herten met indrukwekkende geweien. Er liepen ook mooie meisjes langs met wijnkannen. Was ik in het paradijs? Of stond ik op de binnenplaats van Allah? Op dat moment hoorde ik voetstappen op een met goud geplaveid pad achter de bomen. Zou het Allah zijn?'

'En toen?' vroeg Ajeshe verwonderd.

'De rest is iets wat tussen Allah en Zijn boodschapper heeft plaatsgevonden', zei Mohammad serieus.

'Ja, maar hoe mooi waren de meisjes in de tuin van Allah?' vroeg Ajeshe onzeker.

'Mooi, bijzonder mooi, maar geen van hen was mooier dan mijn Ajeshe.'

Later kwam Mohammad met een nieuwe versie van zijn reis. Ik heb deze in de Koran onder de titel 'De ster' opgenomen:

'In de naam van Allah
Hij is lief
Hij geeft
Hij vergeeft

Bij de ster op het moment dat hij valt,
Jullie medemens Mohammad is niet verdwaald, ook niet misleid.
En hij praat niet naar eigen wil.
En het is niets anders dan een duidelijke openbaring.
De engel Ghabriël heeft het hem geleerd.

Allah is scherp. Hij bezit kracht.
Hij stond aan de verst gelegen horizon.
Hij kwam dichterbij en Hij daalde neer.
Tot een afstand van twee bogen, of minder.
Hij openbaarde Mohammad wat Hij openbaren moest.
Diens hart loog niet over wat hij gezien heeft.'

87 HASSAN EN HOSSEIN, DE KLEINZONEN VAN MOHAMMAD

Mohammad was gelukkiger en machtiger dan ooit. Maar ik zag iets wat anderen nog niet was opgevallen. Mohammad was oud geworden. Plotseling. Het leek alsof hij voor de verovering van Mekka geen tijd had gehad om oud te worden en had gewacht tot hij Mekka had veroverd.

Ik merkte het toen hij in het zadel van zijn paard ging zitten en we naar Medina terugkeerden. Gedurende de reis door de woestijn was hij stil, ik hield hem van achter in de gaten, hij reed gebogen, verloren, alsof het na de verovering van Mekka afgelopen was met de wereld.

Soms vergat hij alles, vergat hij zijn Allah, zijn Koran, zijn Mekka, zijn leger, zijn mooie vrouwen, en dacht hij alleen aan zijn twee kleinzoontjes, Hassan en Hossein. De zonen van zijn lieve dochter Fatemé, die met Ali getrouwd was.

Een delegatie machtige handelaren uit Mekka was zojuist gearriveerd in Medina. Ze zouden met Mohammad in de moskee samenkomen over het toepassen van een heffing op grote handel.

Mohammad reed op zijn paard voorop en de handelaren volgden hem in hun vorstelijke kleding, op hun vorstelijke paarden. We reden richting de moskee. Onderweg merkte ik dat Mohammad onaangekondigd van richting veranderde. Ik dacht dat hij via een omweg langs het marktplein naar de moskee wilde gaan om de vernieuwingen van het centrum aan zijn gasten te laten zien. Maar hij meed het centrum en reed verder. Ik wilde hem vragen waar hij naartoe ging, maar ik bleef hem zwijgend achtervolgen.

De delegatie volgde ons, ze bewonderden de werkzaamheden in de stad en constateerden hoe Medina, de oase van rust, in een levendige stad veranderd was. Overal was beweging. Nieuwe gebouwen, nieuwe wegen, nieuwe bruggen. Geleidelijk aan kwamen we in de wijk waar Ali, zijn vrouw Fatemé en hun twee kleintjes Hassan en Hossein woonden.

Ik dacht dat Mohammad de vergadering opzettelijk buiten het centrum in het huis van Ali wilde houden. Maar hoe zou ik moeten weten dat hij zijn kleinkinderen miste en dat hij hen even wilde bewonderen voordat hij met de handelaren ging vergaderen?

Toen we bij Ali's huis waren, stopte Mohammad. Hij steeg af en zei tegen mij: 'Ik ben zo terug.'

Hij ging naar binnen zonder de delegatie in te lichten.

Ik hield de mannen bezig en vertelde hun over de veranderingen in de stad en de nieuwe gebouwen voor het landelijke bestuur. Ook vertelde ik over een grote kazerne die buiten de muren van de stad werd gebouwd.

De afwezigheid van Mohammad duurde langer dan verwacht en ik merkte dat de delegatie zich begon af te vragen waar hij bleef.

'Hij is bij Ali voor advies', legde ik uit.

We wachtten nog even, maar hij kwam niet terug. Ik maakte me zorgen, klopte op de deur en ging naar binnen. Wat ik daar aantrof, was onaanvaardbaar gezien het feit dat de vorsten van Mekka op hem stonden te wachten.

Ali was weg met zijn oudste zoontje en had Hossein bij zijn moeder thuis gelaten. Hossein huilde, omdat zijn vader hem niet meegenomen had. En Mohammad kon het niet verdragen dat Hossein huilde: hij was zo in beslag genomen om hem te vermaken dat hij de hele delegatie vergeten was.

Stomverbaasd stond ik daar en keek naar Mohammad.

'Het is al goed, je moet niet meer huilen. Kom, we gaan je vader opzoeken', zei Mohammad tegen de kleine Hossein. Mohammad ging op zijn handen en voeten naast Hossein staan en zei: 'Op mijn rug! Zo kunnen we sneller je vader vinden.'

De kleine Hossein klom met moeite op Mohammads rug en ging er wiebelig op zitten.

'Zit je goed?' vroeg Mohammad.

De kleine Hossein pakte de vlechten van Mohammad als teugels vast en zei: 'Ja. Nu zit ik goed.'

'Maar wacht eens even,' zei Mohammad, 'wat ben ik nu? Een paard? Of kameel?'

'Een kameel', zei Hossein.

Mohammad begon als een wiegelende kameel op zijn handen en voeten te lopen.

88 BIJ DE MORGENSTER

De tijd van Mohammad leek ten einde. Hij was op de top van zijn geluk toen hij bezweek.

Onverwachts werd hij gegrepen door een hoge koorts. Maar toen de koorts weg was, leek ook Mohammad weg te zijn. Hij was de oude niet meer, net als een kaars die in de nacht was uitgeblazen.

Hij verloor veel gewicht en kon niet goed meer op zijn benen staan. De boodschapper kon niet meer lopen. Uitgeput leunde hij op de binnenplaats tegen de muur.

Men wilde hem naar de moskee dragen, maar dat wilde hij niet, hij zei: 'Liever kruipen dan gedragen worden.'

Steunend tegen de muren liep hij naar de moskee.

Ajeshe keek toe van achter het gordijn en huilde zacht.

Aboebakar was in Mekka, hij had de leiding van de stad. Omar, Osman en Ali waren constant op pad om het nieuwe rechtssysteem overal in het land te doen gelden.

Er was niemand meer om het gebed in de moskee te leiden.

Op een dag zei Mohammad tegen mij: 'Zeeëd! Ik kan mijn bed niet verlaten, maar de mensen wachten op mij in de moskee. Jij! Verricht het gebed.'

Ik waste meteen mijn handen, voeten en gezicht, trok

schone kleren aan, gordde Mohammads zwaard aan mijn zij, zadelde mijn paard en reed naar de moskee. Tot ieders verdriet richtte ik me tot Mekka en leidde het gebed.

Mohammad ging vanaf dat moment niet meer naar de moskee.

Hij lag de hele dag in bed en ik las hem een nieuw boek voor dat de koerier had gebracht. Het was een Grieks wetboek dat men speciaal voor Mohammad vertaald had.

'Stop!' zei hij op een gegeven moment. 'Ik heb daar genoeg van, lees me iets uit de Koran voor!'

Ik zocht in mijn geheugen naar een mooie tekst en zei deze soera op, terwijl Mohammad met gesloten ogen luisterde:

> 'Wanneer de hemel openbarst
> En naar Allah luistert en zijn plicht nakomt
> En wanneer de aarde gespreid wordt
> En alles naar buiten gooit wat in haar is en zich leegt
> En naar Allah luistert en haar plicht nakomt
> O mens, jij streeft naar Allah en jij zult Hem ontmoeten.'

Mohammad bleef stil liggen en zijn tranen liepen in zijn grijze baard. Ik merkte dat het opzeggen van de Koran het beste geneesmiddel voor hem was. Ik droeg nog een tekst voor:

'Bij de hemel en de morgenster
En weet gij wat de morgenster is?
Het is een ster met een doordringende helderheid.
De mens moet eens kijken waaruit hij gemaakt is.
Hij wordt geschapen uit een springende druppel.
Die uit een plek tussen de rug en ribben vandaan komt.
Allah heeft de macht om de mens weer terug te roepen na zijn dood.
Op de dag waarop de geheimen worden geopenbaard.
Bij de wolken die zwanger zijn van de regen.
Het zijn beslissende woorden.'

89 DE NADERENDE DOOD

Mohammad kon niet meer naar buiten.

Zijn dochter Fatemé kwam bijna elke dag langs en nam haar zoontjes mee. Het was de enige afleiding die Mohammad nog had. Hij verraste hen altijd met bijzondere snoepjes. De handelaren van Mekka wisten hoe ze Mohammad gelukkig konden maken. Ze namen lekkernijen uit verre landen voor Mohammads kleinkinderen mee. Ik, Zeeëd, verstopte die lekkernijen overal in zijn kamer, op de binnenplaats onder de dadelbomen en tussen de struiken en zij mochten de snoepjes zoeken en aan Mohammad laten zien. Ik heb hem nooit zo gelukkig gezien als tijdens die snoepspelletjes.

Aboebakar, Omar, Osman en Ali waren terug in Medina, maar van de geneesheer mochten ze niet vaak bij Mohammad langsgaan, want dan wilde hij altijd iets over de situatie in het land weten. Alleen Aboebakar mocht de grote lijnen aan hem meedelen.

'Zeeëd, ik wil in Ajeshes kamer gaan liggen,' zei Mohammad op een nacht.

Ik mocht er niet aan denken, maar ik dacht: Mohammad wil vertrekken.

Meteen liet ik Ajeshe weten dat Mohammad bij haar wilde liggen.

De jonge Ajeshe schrok van de gedachte dat de dood van Mohammad naderde, maar ze was meer dan gelukkig dat Mohammad in haar bed wilde sterven. Ze huilde van geluk en verdriet en haar handen trilden toen ze haar bed voor hem klaarmaakte.

We hielpen hem samen overeind. Hij sloeg een arm over mijn schouder en een arm over Ajeshes schouder. En zo brachten we hem naar Ajeshes bed.

Ajeshe waakte als een tijgerin over hem en liet niemand in haar kamer komen. Vooral geen andere vrouw van Mohammad. Zelfs zijn dochter Fatemé niet.

Ik heb haar woorden onthouden:

'De boodschapper wilde bij mij zijn.

De boodschapper is nu van mij.

De boodschapper heeft zijn rust bij mij genomen.

Blijf uit de buurt van mijn kamer.

Het is afgelopen met zijn missie. Er is geen nieuwe boodschap meer.

De Koran is compleet.'

Haar vader Aboebakar wilde Mohammad bezoeken, maar Ajeshe hield hem tegen: 'Vader! Het is afgelopen met zijn missie. Laat hem met rust! Hij is geen boodschapper meer.'

Aboebakar duwde haar aan de kant om naar binnen te gaan. Ajeshe barstte in tranen uit: 'Vader, waarom luister je niet? Mijn man slaapt.'

Ik, Zeeëd, was de enige die bij haar kamer mocht staan en ik voerde haar opdrachten uit.

'Zeeëd, ik wil even uitrusten. Waak jij over hem?'
Ik ging voor haar kamer staan en waakte.

Op een dag riep ze: 'Zeeëd! De koorts is terug. Hij gloeit. Zeeëd, wil je de geneesheer waarschuwen?'

Ik ging de kamer in, voelde Mohammads voorhoofd. Hij brandde als een kachel en was bewusteloos.

'Zal ik Aboebakar waarschuwen?'

'Ja, haal mijn vader', antwoordde ze huilend.

Ik reed ook naar Omar, Osman en Ali en lichtte hen in.

Ze kwamen allemaal. En de geneesheer gaf de indruk dat de boodschapper aan zijn laatste reis begonnen was.

Op Aboebakars bevel bracht ik een grote koperen kuip naar binnen, waar men zich normaal in wast. Aboebakar kleedde Mohammad uit, Ali en Omar hielpen hem in de kuip. Osman goot zachtjes water over hem heen om de koorts te laten zakken en Ajeshe stond huilend toe te kijken.

Ik bracht zeven emmers water naar binnen. En zij goten alle zeven emmers over zijn hoofd, totdat de koorts was gezakt. Ajeshe droogde hem onmiddellijk af en hing een deken over zijn schouders en de mannen hielpen hem weer in bed.

'Nu wil ik dat iedereen weer naar huis gaat', zei Ajeshe.

Aboebakar maande haar tot rust.

'Iedereen weg!' herhaalde Ajeshe.

'Ajeshe! Beheers je!' zei Aboebakar.

'Mijn man slaapt. Iedereen uit mijn kamer!'

Niemand durfde iets te zeggen. Iedereen verliet de kamer.

Ajeshe bleef alleen met de boodschapper.

En ik, Zeeëd, stond voor de deur te waken.

90 HIJ REGELT HET AL

Jaren later werd Ajeshe een machtige vrouw, misschien wel de machtigste vrouw op aarde. Ze reed op een olifant. Ik ging op zoek naar haar om de laatste fase van Mohammads leven te beschrijven.

Tevergeefs was ik zeven keer naar haar paleis gegaan om een afspraak met haar te regelen, maar ik werd voor haar deur tegengehouden.

Ik had geduld. En ik ging net zo vaak langs totdat ik haar een keer voor haar kasteel trof toen ze van haar olifant geholpen werd en ik riep hard: 'Ajeshe!'

Ze droeg een doorzichtige groene sluier voor haar gezicht. Ze keek om.

'Ik ben het, Zeeëd. Ik schrijf over Mohammad. Ik wilde je vragen om een aantal dingen te vertellen.'

Ze liep naar binnen. Ik dacht dat ze me niet wilde spreken. Maar even later kwam haar bediende naar buiten en sprak me toe: 'Mijn dame ontvangt u graag. Volg me.'

Begeleid door drie lijfwachten liep ik haar woning in.

Ik weet niet hoe de Perzische koninginnen gewoond hebben en we hebben nooit een Arabische koningin gehad in onze geschiedenis, maar Ajeshe voldeed aan mijn voorstelling van een koningin.

Omringd door mooie, jonge bedienden zat ze op een

gouden troon, leunend op versierde zijden kussens met edelstenen, belicht door grote kaarsen in zilveren kandelaren.

Ze was een beetje dik geworden en er was niets van die ondeugende, jonge Ajeshe over. Ik was ook veranderd en daarom bleef ze eventjes stil naar me kijken.

'Alles is veranderd, Zeeëd', zei ze.

'Alles', benadrukte ik.

'Neem plaats, Zeeëd.'

Er werd me een stoel aangeboden van rood satijn met bloemfiguurtjes bekleed.

'Vertel, Zeeëd, wat wil je van mij horen', vroeg ze.

'Wilt u me vertellen wat er die nacht gebeurde toen u iedereen wegstuurde en met de boodschapper alleen binnenbleef?'

Ajeshe zweeg, ze wilde er niets over kwijt.

Om haar te overtuigen hoe belangrijk haar woorden zouden zijn, zei ik: 'U bent niet alleen de koningin van het rijk. Dit moet geschiedenis worden. Mijn boek is niet voor de mensen van deze tijd, maar voor hen die over duizend jaar zullen leven.'

'Zeeëd, kan je het geloven? Mijn man Mohammad is dood, mijn vader Aboebakar is dood. Omar, Osman en Ali zijn alle drie omgebracht. Het lijkt alsof alles in één ogenblik plaats heeft gevonden. Het lijkt alsof het gisteren was dat jullie koud water over Mohammad heen goten om zijn koorts te laten zakken.

Toen iedereen weg was, deed ik de deur van binnen op slot. Ik depte zijn voorhoofd met een doek en trok hem zijn lange, witte djellaba aan.

Ik dimde het licht van de lantaarn, kroop onder zijn deken, ging tegen hem aan liggen, legde mijn hoofd op zijn borst en sloot mijn ogen. Ik wilde dat moment voor de eeuwigheid vasthouden. Als hij zijn ogen niet open wilde doen, wilde ik mijn ogen ook niet meer opendoen. En als hij doodging, wilde ik ook doodgaan. Ik weet niet hoelang het geduurd heeft, maar op een gegeven moment ging ik zitten en in het schaarse licht zag ik dat hij naar me keek en glimlachte. Ik was verzaligd van geluk en ik kuste hem op zijn hoofd, op zijn ogen, op zijn neus en op zijn mond. Hij zei zachtjes iets wat ik niet verstond. Ik bracht mijn oor bij zijn mond, hij herhaalde het, maar weer verstond ik het niet. Toen sloot hij zijn ogen en vertrok.

Ik was nog jong, ik had de dood nooit van zo dichtbij meegemaakt. Ik trok me zachtjes terug, legde mijn groene sluier over zijn gezicht, liep op mijn tenen weg en op blote voeten ging ik naar het huis van mijn vader. Het leek alsof ik slaapwandelde. De bewaker begeleidde me naar binnen. Mijn vader verscheen op de veranda. Hij wist het meteen, toch vroeg hij: 'Ajeshe! Wat doe je hier?'

'De boodschapper is weg', zei ik en ik viel op de grond.

Ik, Zeeëd, stond voor de deur toen Ajeshe de kamer verliet. Ik liet haar gaan en ging de kamer in waar Mohammad lag. Ik pakte de lantaarn en keek naar zijn gezicht, dat bedekt was met een groene sluier.

Ik knielde naast hem en zei een soera op:

'Alef Lam Miem Raa
De eerstgekomenen zijn het eerst gekomen
In de tuinen van het geluk
Rustend op juwelen rustbanken
En er zijn gezellinnen met sprekende, grote ogen
Die als welbewaarde parels zijn
Ze gaan bij hen rond
Met kruiken
En drinkbekers gevuld met wijn
Waarvan zij geen hoofdpijn krijgen
Waarvan zij niet beneveld raken
En vruchten die zij uitkiezen
En vlees van het gevogelte.'

De deur ging open. Aboebakar, Omar, Osman en Ali kwamen binnen. Ik kwam overeind en hield de lantaarn omhoog. Ze knielden met z'n vieren om zijn bed en Aboebakar neuriede:

'Alef Miem Ra
Hij regelt het al
En Hij is het die de aarde uitspreidde
En de bergen verhief
Rivieren liet stromen
Hij deed de hemelen verrijzen op de pilaren
Die gij niet kunt zien
Hij stelde de zon en de maan in dienst
En Hij liet elk in zijn eigen baan lopen
Tot een vastgestelde tijd
Hij regelt het al

Hij doet de nacht de dag bedekken
En andersom.'

Daarna gingen ze een eindje bij hem vandaan op de grond zitten. Er moest onmiddellijk een opvolger voor Mohammad gekozen worden. En ze moesten zich haasten, want de beslissing moest voor zonsopgang genomen worden.

Maar het duurde niet lang. Omar, Osman en Ali noemden gelijktijdig de naam van Aboebakar. Zo werd Aboebakar de eerste kalief.

Ze stonden op en kusten Aboebakar op zijn linkerschouder.

De boodschapper was dood. De eerste kalief was gekozen.

Ze gingen met z'n vieren te paard naar de moskee. En ik reed hen op een afstand achterna.

De omroeper riep de mensen op om zich te verzamelen voor het gebed.

Omar riep: 'De kalief Aboebakar verricht het gebed!'

Aboebakar gordde het zwaard van Mohammad om en richtte zich tot Mekka.

Iedereen begreep dat Mohammad weg was.

91 ZEEËD SPREEKT

Het verhaal dat ik over de boodschapper wilde doorgeven, heeft zijn einde nog lang niet bereikt. Maar ik moet stoppen. Het is de wet der verhalen. Ze houden ergens op.

Nu u dit leest, ben ik al dood.

Zeeëd voelt zich gelukkig in zijn graf als hij zijn taak goed heeft verricht.

Mohammad deed het voor Hem.

Maar ik voor hem.

Zeeëd ebne Sales
De kroniekschrijver van
Mohammad ebne Abdollah
7 shawal 40
Mekka

COLIBRI-BIBLIOTHEEK

1 ANNE-GINE GOEMANS
Glijvlucht

2 PATRICK NESS
Zeven minuten na middernacht

3 PHILIPPE POZZO DI BORGO
Onaantastbaar

4 HENNING MANKELL
Labyrint

5 ALICE MUNRO
De liefde van een goede vrouw

6 CHARLES DEN TEX
Schijn van kans

7 FRED VARGAS
Een beetje meer naar rechts

8 HENNING MANKELL
Italiaanse schoenen

9 HÅKAN NESSER
De zomer van Kim Novak

10 PER PETTERSON
Paarden stelen

11 KRISTIEN HEMMERECHTS
Gitte

12 J.R. MOEHRINGER
Tender Bar

13 BARBARA VOORS
Zusje van me

14 ESTHER GERRITSEN
Superduif

15 IRÈNE NÉMIROVSKY
Storm in juni

16 KADER ABDOLAH
De koning

17 ANNE DELBÉE
Camille Claudel, een vrouw

18 CHARLES DEN TEX
De vriend

19 HENNING MANKELL
De Chinees

20 ANNIE PROULX
Scheepsberichten

21 MARIANNE FREDRIKSSON
Anna, Hanna en Johanna

22 KADER ABDOLAH
Het huis van de moskee

23 ANNA GAVALDA
Ik hield van jou

24 AIFRIC CAMPBELL
De logica van het moorden

25 HERBJØRG WASSMO
Het huis met de blinde serre

26 MARIE NDIAYE
Drie sterke vrouwen

27 RENATE DORRESTEIN
Een sterke man

28 ALICE SEBOLD
Geluksvogel

29 FRANCES MAYES
Een huis in Toscane

30 SARA GRUEN
Water voor de olifanten

31 HERBJØRG WASSMO
De stille kamer

32 AMY TAN
De vreugde- en gelukclub

33 PER PETTERSON
Ik vervloek de rivier des tijds

34 TORGNY LINDGREN
Het licht

35 HERTA MÜLLER
Ademschommel

36 ÅSNE SEIERSTAD
De boekhandelaar van Kaboel

37 ALICE MUNRO
Te veel geluk

38 ESTHER GERRITSEN
Roxy

39 ANNA GAVALDA
Samen ben je minder alleen

40 KADER ABDOLAH
Spijkerschrift

41 JAAP ROBBEN
Birk

42 HENNING MANKELL
Geschiedenis van een gevallen engel

43 PATTI SMITH
Just Kids

44 HANNEKE HENDRIX
De verjaardagen

45 SUSAN ABULHAWA
Ochtend in Jenin

46 RENATE DORRESTEIN
Zonder genade

47 HALLDÓR LAXNESS
Aan de voet van de gletsjer

48 MARIANNE FREDRIKSSON
Simon

49 IRÈNE NÉMIROVSKY
Suite Française

50 BERTOLT BRECHT
Driestuiversroman

51 ALICE MUNRO
Stilte

52 HELLA HAASSE
Sleuteloog

53 TOMEK TRYZNA
Meisje Niemand

54 RENATE DORRESTEIN
Het duister dat ons scheidt

55 HANS KEILSON
Het leven gaat verder

56 PER PETTERSON
Kielzog

57 CAROL SHIELDS
De stenen dagboeken

58 DELPHINE DE VIGAN
Niets weerstaat de nacht

59 MARIA ÀNGELS ANGLADA
De vioolbouwer van Auschwitz

60 AUGUST STRINDBERG
Huwelijksverhalen

61 ESTHER GERRITSEN
De kleine miezerige god

62 ANNELIES VERBEKE
Dertig dagen

63 PER PETTERSON
Twee wegen

64 EUGEN RUGE
In tijden van afnemend licht

65 HENNING MANKELL
Tea-Bag

66 GEORGE SAND
De geschiedenis van mijn leven

67 COLM TÓIBÍN
Brooklyn

68 KADER ABDOLAH
De boodschapper

69 KADER ABDOLAH
De Koran